AF139106

Eleanor Rigby verlässt New York und ertrinkt in Liebe. Es sollte nur ein Witz sein, aber beinahe wäre daraus eine historische Wiedervereinigung geworden. Als der Produzent von Saturday Night Live am 24. April 1976 in einem Sketch Geld für die Reunion der Beatles anbietet, sitzen John Lennon und Paul McCartney nur ein paar Häuserblocks entfernt vor dem Fernseher. Lorne Michaels hält einen Scheck über dreitausend Dollar in die Kamera und verspricht, dass sie nur drei Lieder für seine Oma spielen müssten. Er kann nicht wissen, dass die beiden tatsächlich kurz darüber nachdenken, ins Studio rüberzufahren. Vierzig Jahre nach Johns Ermordung haben sich Sean und Stella, zwei der prominenten Beatles-Kinder, im Dakota Building am Central Park einquartiert und memorieren skizzenhaft die kuriosen Ereignisse jener Nacht. Bald schießen wilde Spekulationen über das letzte Zusammentreffen der ungleichen wie rätselhaften Stars ins Kraut, mäandert die Geschichte in Lennons ehemaligem Appartement an der Grenze verbriefter Wahrheiten und wundersamer Legenden entlang. Haben Johns Kurzsichtigkeit und dessen Glaube an Außerirdische den Grundstein für eine spätere Verschwörung gelegt? Oder sollen Sean und Stella den Schnurren des kauzigen Taxifahrers Glauben schenken, der höchst plastisch von einer Doppelgänger-Theorie samt konspirativer Flucht-Odyssee zu berichten weiß? „Eleanor Rigby verlässt New York und ertrinkt in Liebe" ist satirisches Märchen und parodistisches Science-Fiction-Musical zugleich, ein freidrehendes Hördrama, das von der Last des Überlebens im Schatten hypermedialer Aufmerksamkeit erzählt - und davon, dass man sich der Bürde eines großen Namens am Ende wohl nur mit einem Übermaß an Fantasie und gesunder Selbstironie stellen kann.

Auszüge aus einem Interview, das der Journalist Walter Sturmhofen mit dem Autor führte, ergänzen diesen Hörspiel-Band.

Thomas Herget wurde 1964 in Frankfurt am Main geboren. Neben seinem Studium in Darmstadt publizierte er für Zeitungen im deutschsprachigen Raum. Es folgten literarische Förderpreise und Stipendien. Journalistische Tätigkeiten unter anderem für taz, Frankfurter Rundschau und Passauer Neue Presse. Heute verfasst er Film- und Theaterrezensionen, zeichnet für das Bühnen-Ressort eines Magazins verantwortlich und schreibt für Hörfunk und Theater. Er lebt in der Nähe von Kiel.

Thomas Herget

Eleanor Rigby verlässt New York und ertrinkt in Liebe

Hörspiel

Das Hörspiel „Eleanor Rigby verlässt New York und ertrinkt in
Liebe" entstand zwischen Oktober und Dezember 2022.
Die Erstausgabe erschien 2023 bei BoD - Books on Demand.
Alle Rechte vorbehalten, insbesondere das der akustischen
dramatisierten Inszenierung durch Rundfunkanstalten und das
des öffentlichen Vortrags, auch einzelner Abschnitte.
Diese Rechte sind nur vom Rechteinhaber zu erwerben.
Coverfoto mit freundlicher Genehmigung
von Sotheby's.

Inhalt

Eleanor Rigby verlässt New York und ertrinkt in Liebe

für Freda Kelly

Personen

STELLA, *Pauls Tochter*
SEAN, *Johns Sohn*
LORNE MICHAELS, *TV-Moderator*
AYDEN, *der Taxifahrer*

Stimmen und Geräusche

Zeit, Ort und Anmerkungen

Um 2020. New York. In John Lennons ehemaligem Appartement im Dakota Building. Der Blick auf den Central Park ist grandios, die Wohnung an diesem Aprilabend stark ausgekühlt. Vielleicht einer der Gründe, weshalb Sean und Stella augenblicklich miteinander warm werden und sich nicht erst auf Betriebstemperatur plaudern müssen. Lorne Michaels Text wird in der deutschen Video-Übersetzung ironisch überhöht deklamiert, ansonsten sollte die Aufzeichnung von „Saturday Night Life" den Charakter und das Wesen der amerikanischen Originalsendung abbilden. Sämtliche Figuren folgen Annäherungsmustern, sie hangeln sich teilfiktiv an den Biografien tatsächlich lebender oder verstorbener Personen entlang. So können einige der Behauptungen und Zitate dem historisch verbrieften Zeitgeschehen zugeordnet werden, andere wiederum sind frei erfunden, was den subversiven Begierden aller Sprechenden nach einer fiktionalen Überschreibung geschuldet sein mag. Geräusche, etwa von hupenden Autos oder das Telefonklingeln, spiegeln zeitkoloritisch die Siebzigerjahre wider. Eine überdreht-komödiantische Rastlosigkeit bestimmt genretypisch das dialogische Tempo und den Handlungsfortlauf.

SEAN *seufzend* Wie oft haben wir schon reinge-
schaut, Stella? Einige Leute entwickeln Alpträume
und Neurosen bei so etwas. Frag mal Mia Farrow
oder Alex Jones.

STELLA Ich glaub, ich hab vorhin was übersehen. Ein letztes Mal noch. Ehrenwort.

*Eine Videokassette wird unter mahlenden Geräu-
schen in ein Abspielgerät geschoben, ein Knopf gedrückt. Zu hören ist der TV-Ton einer aufgezeichne-
ten NBC-Folge von „Saturday Night Life", der ein-
brechende Applaus überdeckt geradewegs das Ende
eines Werbejingles, dann die Stimme des Moderators
Lorne Michaels, ernsthaft, aber leicht verrauscht.*

LORNE Um es auf den Punkt zu bringen, ähm,
also für mich sind die Beatles das Beste, das der
Musik je passieren konnte. *Pause, dann ins Publikum* Für euch hoffentlich auch -

Yeah-Rufe von Zuschauern, kurzer Applaus.

Ihr - ihr seid nicht nur eine Band, ihr seid ein
Teil von uns -

Eingespielt wirkender Beifall.

Ich weiß, dass ihr Sids Millionen für eine Wiedervereinigung gerade abgelehnt habt, aber vielleicht wirkten Bernsteins Überredungskünste als Bettler auch ein bisschen zu kalkuliert -

Vereinzelte Lacher aus dem Publikum.

John, Paul, George und Ringo, ich spreche euch direkt an. Vielleicht sitzt ihr irgendwo dort draußen und schaut euch gerade diese wunderbare Show an. *Eleusinisch* Es geht das Gerücht, dass Paul und John in der Stadt sind. Dass sie sich getroffen haben -

Gemurmel im Publikum. Gespannte Pause.

Zur Hölle, Paul und John sind in New York!

Tosender, inszeniert wirkender Applaus, in den Stella hineinquasselt.

STELLA Hast du Lornes Handbewegung gesehen? Ist das ein Zeichen? Ich wusste, ich hatte was übersehen.

SEAN Als er den Scheck hervorzauberte? Ich denk, er hat sich an den Pimmel gefasst.

STELLA *in den abflauenden Applaus hinein* Mir ist kalt. Ich glaub, ich krieg meine Tage.

LORNE *eindringlich* Ich will euch diesen Scheck zeigen. Er ist die Idee von meiner Oma. Ja, Paul und John, ich rede noch immer mit euch. Für die dreitausend Dollar müsstet ihr nur drei Songs der Beatles spielen. She loves you, yeah, yeah, yeah, das wären schon die ersten Tausend. Tausend Dollar klingt nicht viel, aber es ist der tarifliche Mindestlohn bei

Saturday Night Life und, heiliger Strohsack, ihr würdet eine ältere Dame sehr glücklich machen -

Kurzer Applaus.

Überlegt es euch. Ihr könnt das Geld aufteilen, wie ihr möchtet. Wenn ihr Ringo weniger geben wollt, dann macht das.

Enthemmtes Fernsehstudio-Lachen, das jäh erstirbt, als der Ausschalter des Rekorders gedrückt wird. Stella fläzt sich in einen Sessel.

STELLA Nun?

SEAN Okay, da ist diese Handbewegung. Normal sieht die nicht aus.

STELLA Wie bei einem Puppenspieler, willst du sagen?

SEAN Vielleicht ein Hinweis an die Regie.

STELLA Dass der Taxifahrer jetzt losfahren soll, um Paul und John abzuholen?

SEAN Wie wäre es mit: Dass er losfahren soll, um Pizza zu bringen?

STELLA Sean, du machst dich sooo lächerlich.

SEAN Weil ich glaube, dass es diesen Taxifahrer nicht gibt? Nie gegeben hat? Da könntest du recht haben.

STELLA Mir ist kalt. Kann man diesen Kaminofen nicht anwerfen?

SEAN Hast du irgendwo Brennholz entdeckt? Hier drinnen ist alles Dekoration.

STELLA Was macht Yoko eigentlich, wenn sie zuhause ist? Stellt die bunte Neonrühren in den Abzug, um Wärme vorzutäuschen?

SEAN Du hast ihre Arbeit nie wertgeschätzt. Als Künstlerin war sie dir immer suspekt. Dir und deiner verkorksten Familie.

STELLA Hast du „Subway" gesehen? Wie Christopher Lambert sich im Neonlicht durch trostlose Metrotunnel gerobbt hat? Wir könnten das Mobiliar verheizen, was meinst du? Als wir uns damals nach Schottland zurückgezogen haben, hat mein Vater sogar den Verschnitt aus seiner Schreinerei verfeuert.

SEAN Er war dem Alkohol verfallen und zunehmend verwahrlost auf diesem Bauernhof.

STELLA Sagt das die Grille? Dieses gelbhäutige Miststück? Wir haben jedenfalls nicht gefroren.

SEAN Stella McCartney verheizt Yokos Möbel im Dakota Building - ich hab die Schlagzeile der morgigen New York Times schon vor Augen.

STELLA Wie wär's mit: Beatles-Tochter nimmt späte Rache an Lennon-Witwe?

SEAN *geschraubt* Die weltberühmte britische Designerin stand offenbar unter dem Einfluss halluzinierender Rauschgifte -

STELLA *vergnügt weiter* - Vegetarierin jagt Lennons Erbe durch den Schornstein -

SEAN *angefixt* - Wir könnten auch ohne Feuer

16

draufgehen, was meinst du?

STELLA Du denkst an Erfrieren?

SEAN Yep, wie in „Shining".

STELLA *entsetzt* Nein, nein, nein. Nein.

SEAN Rauchvergiftung. Geöffnete Pulsadern. Badewanne. Stella, gib mir mal ne belastbare Headline!

STELLA Kein Blut!

SEAN Dann Kohlenmonoxid, irgendein Gastod. Ersticken geht immer, wir sind ja nicht in Deutschland. Hast du gewusst, dass Hitchcock dauernd Blut einforderte? Hat man später alles rausgeschnitten. Was ist, bekommst du deine Tage?

STELLA Warum fragst du? Willst du mich vergewaltigen? Bevor meine Vagina zugefroren ist?

SEAN *aufgeschlossen* Sex beim Todeskampf. Wäre der Nachwelt leicht zu vermitteln.

STELLA Erzwungener Sex, wenn schon.

SEAN *weiter empfänglich* Dazu noch in der eigenen Familie. Die Beatles waren doch eine Familie?

STELLA John hätte sich schlappgelacht. Er hatte diesen robusten Humor, dein Vater.

SEAN Ihm stand der Sinn eben nicht nach Versöhnung und Stringenz.

STELLA Wie kannst du diese Codes dann ausnahmslos negieren, wenn dir jede Folgerichtigkeit suspekt erscheint? Sag mir, was dir an diesem Abend nicht mysteriös vorkommt? Die Zeichen an der Wand stechen bis heute heraus, selbst wenn wir „Saturday Night Life" und fremde Mächte jetzt mal beiseitelassen.

SEAN Ich dachte, wir wären durch damit, mit den Vorboten kosmischen Unheils.

STELLA Warum hat Yoko den Abend nie erwähnt? Wo ist sie eigentlich? Lauscht sie nem Vortrag von Erich von Däniken? Über Sintflut und Religionen?

SEAN Nur weil ich ironisch mit ihnen spiele, heißt es nicht, dass ich allen Chiffren misstraue. Wollten wir nicht das Thema wechseln?

STELLA *möchte am Ball bleiben.* Sie bereichern also dein Leben, diese Rätsel?

SEAN Als Denkspielaufgabe? Möglich.

STELLA Erregen sie dich auch? Sag's ruhig! -

SEAN *empört* - Stella!

STELLA Er macht dich also geil, dieser Alien-Zoo, na gut.

SEAN Jedenfalls öffnet er noch keine Türe zu einer anderen Wahrheit. Deiner Wahrheit.

STELLA Okay, beenden wir eben die Greatest Hits der kruden Thesen. Sonst sagst du am Ende noch, wir hätten uns über der Frage nach der Notwendigkeit eines Mehrgenerationenraumschiffs zerstritten, das fünfhundert Jahre am Stück unterwegs sein könnte. Du hältst mich sowieso für ne Tussi.

SEAN Jetzt siehst du aus wie deine Mutter. Linda

konnte sich so glaubhaft in alles hineinsteigen, ohne dass es inszeniert wirkte.

STELLA Ich könnte platzen vor Wut. Ich weiß, dass du's drauf anlegst, aber ich schäme mich jedes Mal aufs Neue. *Geht ratlos ein paar Schritte auf und ab.* Was hab ich hier bloß verloren? In dieser arschkalten Wohnung?

SEAN *belustigt* Jetzt siehst du aus wie Linda auf Speed.

STELLA Es ist bestimmt kein Verrat, wenn du Johns Widersprüchlichkeiten zwischen eisiger Gefühlskälte und großer Warmherzigkeit benennst. Sean, hast du Angst, deinen Vater zu denunzieren?

SEAN *herunterspielend* Du meine Güte, sie haben an diesem Abend ein paar Gläser Wein getrunken und gekifft. Weil sie über ihren Tüten eingeschlafen sind, konnten sie einfach nicht mehr rüber zu diesem Typen.

STELLA Du sagst das, weil es John gefallen hätte. Wieder nichts als eine lakonische Floskel. Was kommt als Nächstes? Dass wir populärer sind als The Grateful Dead? Ich sag dir eines: Ich neide keinem seinen Ruhm. Niemand ist populärer als Jesus.

SEAN Teufel auch! Es ist mir egal, was an dem Abend des 24. April 1976 passierte. Ich lese aus diesem Video keine versteckten Botschaften heraus, ich sehe einen grießigen Film mit einem aufstrebenden, jungen Filmproduzenten, der sich nach einem billigen Gag an den Schwanz greift und sich offensichtlich die Hand quetscht. John mag einen fluiden Charakter gehabt haben, aber er hatte ein feines Gespür für Leute, die ihn an der Nase herumführen wollten. Hat Paul dir erzählt, dass er in Hamburg im Knast saß? In Handschellen? Sie steckten John nach einer dieser unzähligen Prügeleien in eine verschissene Zelle mit Messerstechern und schoben ihn drei Tage später nach London ab. Ohne Papiere. Er konnte Messias und Rebell zugleich sein, weil er den Rocker gelebt und sich auf der Reeperbahn durchgeschlagen hat. John hätte sich mit Paul und den anderen Jungs auch für weniger als einhundert Dollar zu einem Comeback überreden lassen, wenn nach ihren Regeln gespielt worden wäre. Allmächtiger, er wäre auf jede zugeschneite Open-Air-Bühne in Merseyside gestiegen, wenn ihn irgendeine Großmutter dieser Welt darum gebeten hätte!

STELLA Du hältst mich für ein gefallenes Mädchen, mmh? Zerrissene Strumpfhose. Branntwein von der Tanke. Soll ich dir die Glitzersteinchen an meiner Pussy zeigen? Die Schamlippenpiercings?

SEAN Ist deine Muschi ein Stützpunkt für Atomraketen oder so was?

STELLA Och, du glaubst nicht, wie schnell sich ne Bikinizone zur Beauty-Baustelle einrüsten lässt.

SEAN John hätte sich seine Entscheidung sicher nicht von nem öligen Fernsehfuzzi einflüstern lassen.

STELLA Schwamm drüber, du siehst in mir eben nur die dekadente Engländerin, die aus unlauterem Geschäftsinteresse ein heiliges Familiengeheimnis lüften möchte und deshalb nächtelang über dem Mirakel von Sergeant Pepper brütet - mit schwarzen Ringen unter den Augen und ner Ratte unterm Pullover. He, hallo in die Runde, ich bin Stella, schon vergessen? Die Tochter von Paul, dem größten Komponisten unserer Zeit. Größer vielleicht als Beethoven. Als Brian Wilson sowieso. Paul is a dead man, miss him, miss him, Sean, erinnerst du dich? Es war John, der meinen Vater einst für tot erklärte. Hab ich dir das je unter die Nase gerieben?

SEAN Er hatte sich einen Spaß erlaubt, und Paul hatte nichts dagegen, dass es ihn eine Zeitlang doppelt gab.

STELLA Ein PR-Coup, du gibst es also zu? Wer von uns beiden würde wohl glaubwürdiger vor diesen Aluhüten mit der Idee spielen, dass Außerirdische Sex mit Menschen haben könnten?

SEAN Die Beatlemania war vorbei. Die Jungs langweilten sich, weil sie keine Konzerte mehr spielten, hey, sie waren immer noch Buddies. Best Buddies. Aber von Männerfreundschaften hast du ja keine Ahnung.

STELLA Frieden und Freundschaft muss man verkaufen, wie man Seife verkauft - hat John den Journalisten bei seiner Audienz vom Ehebett zugerufen. Klingt nicht nach Konsumverweigerung.

SEAN Wären Hitler und Churchill im Bett geblieben, wären heute noch viele Menschen am Leben.

STELLA Paul fand es zynisch, dieses dadaistische Spiel mit Rollen, in die man wie zufällig schlüpft: Die Uneindeutigkeit als Marketingkonzept. Denkst wohl, du könntest mir jede Zweckentfremdung leichtfertig als Ironie unterjubeln. Hast du gewusst, dass dein Vater seine Yoko nur kennenlernte, weil sie in einer von Paul finanzierten Galerie ausstellen konnte?

SEAN Dass Paul sich ständig im Rock-Underground herumtrieb, während John sich als dandyhafter Prepper in seiner verlotterten Vorortvilla abkapselte, willst du sagen?

STELLA Paul war gewiss der Erste, der mit Tonbandschleifen experimentierte. Er war höchst kreativ, als die Schwermut John längst ans Bett gefesselt hatte. Mir scheint, du erträgst es nicht, dass John und Yoko über den Mammon zusammengefunden haben.

SEAN Ja, ja, die alte Leier. Übervorteiltes Genie, unglückliche Großstadtliebe - jetzt fängt das wieder an!

STELLA Jedenfalls haben die beiden das Thema nie angeschnitten. Auch Songrechte waren tabu, ich hab sie in meinem Beisein nie darüber debattieren hören. Sag nicht, ich verstünde nichts von Männerfreundschaften.

SEAN Sie haben es ihre Anwälte ausfechten lassen.

STELLA Warum hat John ihm nicht aufgemacht? Am nächsten Morgen?

SEAN *überlegt, dann süffisant* Weil er nicht streiten wollte?

STELLA Arschloch!

SEAN Wann immer seine kompositorische Wendigkeit ihn herausforderte, antwortete John mit dem cooleren Beitrag zur jeweiligen Entwicklungsphase. Hör dir die alten Demos von „Tomorrow Never Knows" oder „Strawberry Fields Forever" mal genau an! Außerdem hat er „Eleanor Rigby" geschrieben, da schluckst du, das wirft dich aus der Bahn, was?

STELLA *fassungslos* Pah! Lächerlich! Klar, dass du irgendwann mit diesem Märchen von „Eleanor Rigby" um die Ecke kommst - also wirklich! Du hast deinen Vater nur als ausgemergelten Zausel erlebt, das ist dein Problem, Mister Lennon junior! Hat Yoko euch denn nicht bekocht?

SEAN Hätte er ewig auf Magical Mistery Tour gehen sollen? In dieser Fantasieuniform und in Begleitung der anderen drei Wachsfiguren? Die Selbstinszenierung war der letzte ironische Versuch der Beatles, sich durch Kunst zu befreien, doch John war von der Sehnsucht nach Unsichtbarkeit erfüllt. Du erwähntest die Rollen. Fraglos, er hat sich in ihnen gelangweilt, was denn sonst? Das waren in Wahrheit ja Lebendfallen.

STELLA War er denn als John Lennon bei sich zuhause?

SEAN Du sprichst auf sein Äußeres an? So um 1970?

STELLA Mir schien, als wollte er sich in dem alten John nicht wiedererkennen. Diese Haare, schrecklich.

SEAN Er hoffte, den Mythos des abgelegten Lebens durch ein neues Ich überschreiben zu können. Nichts sollte ihn und andere an die Vergangenheit erinnern. Schon gar kein Pilzkopf oder die alten Brillen.

STELLA Aber mit George hing er ab?

SEAN Sie sahen beide nicht gut aus, braungebrannt, ja, aber müde. Ständig standen indischen Meditationskurse, Weihrauch und Wiedergeburten im Raum. Sie hatten Gewicht verloren, wie nach ner Typhusinfektion, ich hab den Geruch der Räucherstäbchen noch in der Nase, als wäre es gestern gewesen. Yoko kam mit Lüften kaum nach, wenn George bei uns draußen in Greenwich Village anklopfte.

STELLA Hab ich dir erzählt, dass ich mich mit Iggy

Pop in Brighton zu einer Kunstvernissage verabredet hatte? Für heute Abend.

SEAN Iggy Pop? Nicht wahr!

STELLA Doch, doch -

SEAN - Aber - aber das ist ja furchtbar! Warum sagst du das nicht gleich? Also nein, jetzt machst du mir ein schlechtes Gewissen, wir - wir hätten alles abblasen können. Iggy Pop, o Gott!

STELLA *schneidend* Lass stecken, Haywards Heath und New York trennt im Grunde ja nur die Winzigkeit eines Atlantiks, außerdem sind wir beinahe Geschwister, sind wir doch? Bei der Gelegenheit hab ich noch erfahren, wie George Harrison dein Kinderzimmer eingeräuchert hat. *Wütend* Sean, schaust du mich mal an! *Sie stopft fieberhaft Krimskrams in ihre Handtasche.*

SEAN *nach einer Pause, reumütig* Mach dir keine Sorgen, ich nehme alles auf mich - jeder ist so - so völlig fixiert - als ob alles nicht schlimm genug wäre. Ich dachte, ich hätte dieses Virus zur Gänze ausgeschwitzt, lauter geheimnisvolle Mikroben, mit denen uns die Geheimdienste überziehen. Unser Abend ist hoffentlich nicht völlig kontaminiert, ist er doch nicht? Stella, sag doch was!

Ein Rollkoffer wird gemästet. Sirrende Reißverschlüsse.

STELLA *etwas außer Atem* Es ist nicht leicht mit den

Impfungen zu reisen, auch ohne Baby. Ich glaub, ich hab mir was eingefangen, da ist auch schon dieses verräterische Kratzen im Hals. *Sie niest.* Gelbfieber, Malaria, Hepatitis A und B. Muss alles weggeimpft werden. Und du, leg dich besser mal ins Bett, flotti galoppi, ab in die Quarantäne!

SEAN *aufgekratzt* Ähm, mir geht's schon viel besser. Schnellheilung. Soll es geben. Die Müdigkeit, tja, was soll ich sagen? Wie weggeblasen -

STELLA *rollt das Gepäck durchs Zimmer -* Machst du mir die Türe auf?

SEAN Ich kann dir gerne nen Handstand zeigen. Hab ich von George.

STELLA *drückt selbst die Türklinke* Nehm's nicht persönlich -

SEAN - Nein, nein, natürlich, entschuldige, kannst du mir noch einmal verzeihen? Nächstes Mal mache ich uns Parmesan-Steinpilze-Salat und selbstgebackenes Brot. Ganz einfach.

STELLA Ich hoffte, wir würden einen Anknüpfungspunkt finden, um über diesen Abend zu reden. Diese Nacht. Nicht um den Preis, sich lächerlich zu machen. Gut, sollen meinetwegen psychotische Freaks eines der letzten Mysterien der Musikgeschichte entwirren. *Eindringlich* Sean, es ging mir immer um die Sichtbarmachung dieser blinden Flecken, die möglicherweise fünfundvierzig Jahre unsere Selbstbildnisse getrübt haben. Ich war so naiv zu glauben, dass du für gewisse Signale empfänglicher sein könntest als dein Vater. Aber wäre es so, dann wärst du nicht Johns Sohn.

SEAN Sorry, verstehe, du hast so bitterlich recht. Wein? Möchtest du noch einen Wein?

STELLA Sicher kommen wir mal ungezwungen ins Plaudern, ohne soziologischen Überbau, vor dem du dich augenscheinlich fürchtest. Über die Mets vielleicht. Oder das Rezept von Yokos Marihuanaplätzchen. *Sie tritt raus auf den Korridor.*

SEAN *ruft* Stella?

STELLA *kommt zurück* Ja?

SEAN Bleib.

STELLA *überlegt, dann resolut* Kein Sex! Keine Rezepte! Nicht mal Petting!

SEAN Du bleibst?

STELLA Was kannst du mir anbieten? Außer Grauburgunder aus Australien? Einer bibbernden, vierfachen Mutter mit hemmungsloser Regelblutung?

SEAN Etwas Besseres als den Tod findest du nur hier.

STELLA *zurück, wirft sich in den Sessel.* Klingt einladend. Ist das von John?

SEAN Ich muss dir etwas zeigen. Hör auf zu glotzen und stirnfranzeln, komm lieber ran ans Fenster, ich weiß, es ist beinahe dunkel, aber ich hab's die ganzen

Jahre mit mir rumgeschleppt.

Sie schält sich lustlos aus dem Polster, tritt zu ihm ran.

STELLA *abgekämpft* Hm, die Skaterkids haben Flutlicht. Früher haben sie Drogen vertickt, wenn es dunkel wurde. Hat sich damals ne Menschenseele im Central Park verirrt, wenn die Nacht reingebrochen ist? Außer uns? Jede Wette, sie ziehen die Show für die Touristen durch, diese infantilen Lichtdome. Mit denen kann man Nazis züchten wie Radieschen.

SEAN Siehst du den Hydranten, rechts neben der Minirampe?

STELLA Ist das der Ort, wo es passierte?

SEAN Der Typ hat ihn ins Gesicht geschossen. Weil er Stimmen gehört hat. Total ballaballa. Davor hat er sich noch ne Platte signieren lassen. Mitten in die Fresse. Fünfmal. Ich dachte, man könnte die Stelle nicht einsehen von hier oben.

STELLA Hat Yoko das gesagt?

SEAN Weißt du, dass John sich die Brille gerichtet hat, als er starb. Er wollte schön sein in den letzten Minuten.

STELLA *greift nach der Brille.* Ist sie das?

SEAN Sie hat das Blut nie abgewischt. Sie hat die Brille mit dem vertrockneten Blut neben ein Glas Wasser gestellt und ein Foto gemacht. Wie von einem Ensemble für eine Architekturzeitschrift. Zuvor hat sie alles in Richtung des Hydranten ausgerichtet.

Im Internet sieht es aus, als würde John auf seine eigene Hinrichtung hinunterblicken.

STELLA War er nicht kurzsichtig?

SEAN Fünfzehn Dioptrien. Annähernd maulwürfig.

STELLA Warum dann Fensterglas?

SEAN *überrascht* Zeig her! *Er nimmt die Brille.*

STELLA Bei den Beatles trug er Kontaktlinsen.

SEAN Bei den Beatles trug er Trauer.

STELLA Was ergab denn die Obduktion?

SEAN Hat Yoko abgelehnt.

STELLA Aus Fatalismus? Oder war das schon Fluxus?

SEAN Kein Blut. Keine Kontaktlinsen. Keine Spekulationen. Sie hat mir bis heute nicht einmal gesagt, wo sie seine Asche verstreut hat.

STELLA Es besagt nichts über die Eitelkeit deines Vaters, wenn der sich die Attrappe einer Sehhilfe auf die Nase setzt.

SEAN Er wurde vom FBI überwacht, außerdem hatte er Angst im Dunkeln und ließ aus Furcht sogar nachts das Licht an, wenn er nackt in den eigenen vier Wänden umherlief. Macht das jemand, der sich Fensterglas in seine Brille schraubt?

STELLA Er war Nudist?

SEAN Ja. Leider auch, wenn Besuch da war. Wo du jetzt stehst, stand er oft. Von dort hat er übrigens das

UFO beobachtet. 1974. Yoko war mit mir schwanger. *Er singt* Everybody's flying and never touch the sky / There's a UFO over New York and I ain't too surprised.

STELLA Ich hatte nicht die Absicht, dich anzufassen. Ich respektiere deine Gefühle -

SEAN - Scheiß auf Gefühle! -

STELLA - Das Recht auf Vergessen -

SEAN - Scheiß aufs Vergessen! Hast du in seine letzten Kollaborationen mit David Bowie und Elton John reingehört? Rock'n'Roll mit Lippenstift, queerer Quark. Ich frier mir langsam den Arsch ab, Stella reich mal die Decke rüber.

STELLA *legt ihm die Decke über die Schulter, verständnisvoll.* Vermutlich war er nicht bloß blind, sondern auch taub.

Sie lachen.

SEAN *wehmütig* Früher schrieb die Presse von kreiselartigen Riffs und martialischen Hooklines, von Gitarren wie wütende Rasenmäher.

STELLA Er galt als Zündkerze der Beatles.

SEAN Zündkerze und Katalysator, pah, wo hat sie sich später nur verkrochen, diese rohe Komponente? Ich hätte ihm den Scheiß als Produzent nie durchgehen lassen! Als Sohn schon gar nicht.

STELLA Er soll nicht groß rumgekommen sein die letzten Jahre.

SEAN Schreckliche Sache.

STELLA Flugangst lässt sich schwer managen.

SEAN Eher ne Phobie.

STELLA Solch bizarre Schrullen bilden sich häufig bei deformierten Männerseelen aus.

SEAN Ständig glaubte er, jemand könnte den Vogel in die Luft jagen. Semtex. Überall witterte er finstere Bombenanschläge.

STELLA Krass, so krass.

SEAN Yoko war ja ständig auf Achse, nachdem ich geschlüpft bin. Immer überm Atlantik.

STELLA Kapier's schon.

SEAN The sky is not the limit. Mit Pete Doherty wärst du jetzt sicher schon beim dritten Negroni.

STELLA Iggy Pop!

SEAN Trinkt der etwa keinen Gin?

STELLA Im Grunde kann man sich bei diesen Vernissagen nur volllaufen lassen. Ich binde mir immer nen schweren Trinker ans Bein, wenn ich dort reinplatze.

SEAN *aufgeschreckt* Herrje, jetzt hab ich glatt vergessen, den Grauburgunder kühl zu stellen.

STELLA Kühlschrank? Diese Wohnung ist das ideale Reservat für Eisbären.

Eine Flasche wird entkorkt, Wein in Gläser geschenkt. Sean kommt zu ihr zurück ans Fenster. Sie trinken.

STELLA *genießerisch* Du weißt, was mir fehlt.

31

SEAN Kognitive Intelligenz, willst du sagen?

STELLA Paul und John wussten, was sie voneinander hatten. Die ersten Jahre.

SEAN Sie hatten Ideen. Einer begann mit einem Song, der andere schrieb ihn zu Ende. Brüder im Geiste, sagt man das so?

STELLA Glaubst du, sie waren schwul?

SEAN Kognitiv und schwul?

STELLA So kleine Zärteleien. Wäre doch möglich.

SEAN Gekabbelt haben die sich. Daran erinnere ich mich als kleiner Junge. Wie vom Hafer gestochene Fohlen.

STELLA My tits are bigger.

SEAN Bitte? -

STELLA - Hat Yoko gesagt, wenn sie Linda ärgern wollte. Ich habe es mit eigenen Ohren gehört.

SEAN Du glaubst, es gehört zu haben, weil du es als Mädchen irgendwo gelesen hast. Stand wohl in „Girl's Life", hahaha, mich laust der Affe, das passt ja wieder haarklein ins Klischee. Die Beatles sind an solchen Provokationen jedenfalls nicht zerbrochen.

STELLA Ist dir aufgefallen, dass ihre Weiber monströse Brüste hatten? All ihre Schicksen! Riesige Schläuche. Außer Georges Frauen. Aber der war ja auch nicht normal.

SEAN Ein Ausdruck von Schutzbedürftigkeit?

STELLA *entrückt und etwas trunken* Wie verwundbar sie doch waren.

SEAN Stella?

STELLA Was ist?

SEAN Darf ich dir an den Busen fassen? Nur kurz. Ich weiß, es klingt albern.

STELLA Wir hatten eine Vereinbarung, schon vergessen? Aber okay, greif zu! Ich schließ die Augen. Soll ich den BH ausziehen? Iggy Pop wäre bestimmt schon über mich hergefallen. Was ist, du bibbert ja? Klar, die Eishöhle. Oder lassen dich die schmutzigen Gedanken frösteln? Hat dich Yoko als Baby nicht gestillt? Bestimmt hat sie sich verweigert. Busenwunder können richtige Rabenmütter sein.

SEAN *sinnierend* Ich komm nicht drüber weg -

STELLA - Darüber, dass sie dich nicht stillen wollte? War nur Spaß. Vermutlich ist gar nichts eingeschossen in ihre Tüten.

SEAN *bewegt* Ich kann es nicht fassen. Sie war hier an diesem Abend, möglicherweise wird sie am Fenster gestanden haben, als es passierte. Sie blickt also hinunter zu dem Hydranten und sieht John in seinem Blut liegen -

STELLA - Rein hypothetisch.

SEAN Es war, als wäre ich aus einem Traum erwacht, es war, als hätte der Anschlag meiner Kindheit gegolten. Warum erzählt Yoko, man könne den Tatort vom Appartement nicht einsehen? Warum versucht sie, mir das einzutrichtern? Ich würde mir wünschen, nur einmal noch als Kind aufwachen zu dürfen.

STELLA Hat es dich belastet, ein Beatle zu sein?

SEAN Nein. Aber wahrscheinlich nur, weil man als Kind nicht begreift, was eine Belastung ist.

STELLA Ich habe sie zuerst für Comichelden gehalten. Sean, kannst du dir das vorstellen? Die Beatles als Witzfiguren?

SEAN Durchaus. Ich glaubte ebenfalls eine Zeitlang, die Beach Boys seien schwule Rettungsschwimmer.

STELLA Ich war sieben Jahre alt, als mit Maos Tod die chinesische Kulturrevolution endete. James Callaghan wird zu jener Zeit britischer Premierminister, Ulrike Meinhof erhängt sich in ihrer Stammheimer Gefängniszelle, und Air France und British Airways lassen die Concorde von der Leine. 1976 holten wir uns das Weltgeschehen mit einem alten Schwarzweißfernseher ins schottische Nirgendwo, ein fauchendes Röhrenmonster, das sein Gift nur selten verspritzte, weil Linda nicht ganz zu Unrecht vermutete, übermäßiger TV-Genuss würde Augen und Sinne der gesamten Familie verderben. An einem dieser Sonntagnachmittage lief „Yellow Submarine", noch am Abend malte ich mit meinem Arsenal an Buntstiften ein Unterseeboot auf ein mächtiges

Blatt Papier, schrieb „All you need is love" drauf und hängte das expressive Werk über mein Bett. Hätte man mir damals eine Matrosenstelle in dieser gelben Dose angeboten, ich hätte sie angenommen und wäre abgetaucht in das verwunschene Hippie-Paradies von Pepperland, wo die Beatles mit der Kraft ihrer Songs gegen die Mächte des Unmenschlichen anspielten. Ich sammelte jeden Schnipsel über John, Paul, George und Ringo, den ich kriegen konnte. Vergilbte, fransig ausgeschnittene Zeitungsartikel aus alten britischen Jugendmagazinen hingen an den Wänden meines Kinderzimmers. Sie waren das Ergebnis meines in Beton gegossenen Glaubens, dass man ein paar irre Typen zusammengetrommelt hatte, um die aberwitzige Filmhandlung in die Realität umzusetzen. Die wahren Beatles aber, sie existierten für mich natürlich nur in dieser futuristischen Tauchglocke, sie hatten die Mission, uns zu retten.

SEAN Woher kanntest du die Farben, wenn ihr nur durch diese Röhre geglotzt habt?

STELLA Ich habe sie imaginiert. Rot. Blau. Gelb. Die Farben der Kindheit. Es fühlte sich stets richtig an. „Scheußlich" sagte meine Schwester Mary Anna, „außerdem haben sie sich längst getrennt, hast du das nicht gewusst?" Ich brüllte irgendwas, die Katze und Mary Anna flohen augenblicklich, weil sich vor ihren Augen eine wildgewordene Siebenjährige in eine riesenhafte Zeichnung von einem gelben U-Boot einwickelte und auf dem Boden wälzte. Paul hielt sich in diesen Jahren zumeist bedeckt, und als wir dann die Schafsfarm bewirtschafteten, war er noch übertriebener auf Abgeschiedenheit bedacht. Sein Bart wuchs unaufhörlich wie bei einem Schrat, er radierte das ganze Antlitz aus, er wurde kaum noch erkannt und konnte unbehelligt durch die Gegend fahren, was ihm oft ein fettes Grinsen ins dicht bewachsene Gesicht zauberte. Eines Nachmittags quälte sich ein Rolls Royce über unseren Hof. Monsunartiger Regen hatte das Areal in eine braune Schlammlandschaft verwandelt, durch die sich jetzt ein schwergewichtiger Afroamerikaner Richtung Eingang kämpfte, er trug einen eleganten Dreireiher und ein rotes Einstecktuck, sein Chauffeur versuchte erfolglos, ihm einen weißen Regenmantel anzutragen, was ziemlich komisch wirkte. Später sagte uns Linda, dass das Quincy Jones gewesen sei, der ziemlich überrascht schien, in welch erbärmliche Lebensverhältnisse sich ein ehemaliger Beatle mitsamt seinem verkommenen Clan einrichten konnte. Wir aßen an einem riesigen, unbehandelten Eichentisch, den Paul vorher in null Komma nichts in seiner Schreinerei aufgearbeitet hatte. Blökende Lämmer schauten von draußen fassungslos zu, wie wir das Fleisch ihrer Kumpels von Knochen nagten, was meinen Vater in den folgenden Wochen veranlasste, vermehrt den Stallhasen das Fell über die Ohren zu ziehen, da er sich bei Nagetieren emotional weniger befangen fühlte. Nachdem Quincy gegangen war, sah Paul traurig aus. Eine herzerweichende Armee drolliger Vierbeiner hatte es augenblicklich vermocht, unsere Essgewohnheiten grundlegend zu hinterfragen. Die Melancholie aber, die nach diesem opulenten Mahl wie unheilvoller Nebel durch unsere Essküche waberte, hatte andere Gründe. Selbst Linda traute sich nicht, Paul anzusprechen, sie legte den Finger des Schweigens auf ihre Lippen und bedeutete uns Kindern, ihr auf den ausgebauten Spitzboden des alten Heuschubers zu folgen, wo sie uns ein nicht enden wollendes Kapitel aus Frances Hodgsons „Der geheime Garten" vorlas. Vor wenigen Minuten erst hatte Quincy Jones sämtliche Musikrechte aus dem Beatles-Katalog eingestrichen. Später sollte er sie an einen affengesichtigen Transvestiten verhökern, was Paul gewiss in eine weitere tiefe Depression stürzte und seinen Bart wilder und aristokratischer denn je sprießen ließ.

SEAN Über verletzte Gefühle habt ihr nie gesprochen?

STELLA Unter meinem Pullover blitzte, wie aus Protest, ein Yellow-Submarine-T-Shirt hervor, was meine beiden Schwestern bemerkt hatten, denn als ich auf Toilette ging, gratulierten mir Heather Louise und Mary Anne, ich tröstete sie, sie trösteten mich, wir umarmten uns. Vielleicht war das der schönste Moment in diesem Jahr.

SEAN Ich weiß nicht, warum er Paul nicht aufmachte. Denkst du, es lässt mich kalt? Ich wollte, ich könnte dir einen Bären aufbinden.

STELLA Er litt. Er schien seine Nähe fast körperlich zu vermissen. Nach all den Jahren. Johns Selbstbewusstsein. Den beißenden Spott. Einer hat die zündende Idee zu einem Song, der andere schreibt ihn zu Ende, beste Kumpels, Sean, erinnerst du dich? In dieser Nacht habe ich gespürt, was ich mir in meiner kindlichen Arglosigkeit nie eingestanden hatte: Dass ich Teil einer einzigartigen Geschichte bin, die ich bislang nur aus einem albernen Zeichentrickfilm kannte und von der ich hoffte, sie hätte nichts mit mir zu tun.

Er schenkt Wein nach.

SEAN Trink noch ein Glas. Ein Hoch auf den Spott.

Sie trinken.

STELLA Ich habe ihn mir später noch einmal angesehen. „Yellow Submarine". Bei der Eröffnung der ersten Boutique. Aber ich erkannte ihn nicht wieder. Pepperland war niedergebrannt, öde und leer. Sie haben es zerstört. Mit ihrer digitalen Bearbeitung. Den Farben. Den Drogen. Wie konnte ich so dumm sein.

SEAN Nur als Kinder sind wir reich. Danach schützt jeder seine Erinnerungen. Als würden sie die Bedeutungslosigkeit ewig von der Tür fernhalten.

Das Telefon klingelt.

STELLA Erwartest du jemanden?

Das Telefon klingelt. Nach einer Weile -

Geh schon ran.

Er hebt den Hörer ab, bedächtig.

SEAN Ja?

Er hört.

SEAN Er ist auf dem Weg - was heißt das? *Kurze Pause.* Nein, hören Sie mir zu - nein, hören Sie, ich kenne keinen Taxifahrer. Ich bin müde. Grauburgunder. Ich will nirgendwo hin. *Pause, die durch genervtes Seufzen gefüllt wird.* Ich glaub', ich steh im Wald, das muss ein Missverständnis sein, ein riesengroßer Irrtum - *Pause, angestrengt.* Ich - ich kann Sie nicht hören, sind Sie noch dran? -

STELLA *dazwischen* - Was ist denn los? Soll ich verschwinden? Warum sagst du nicht, dass du dir ne Prostituierte aufs Zimmer bestellt hast?

SEAN *zu Stella, besänftigend* Mach dir keine Sorgen, alles wird gut. Eine Verwechslung, keine Nutten! *Wieder in den Hörer, lauter* Nee, nicht Sie! Wo ist er jetzt, Sie haben ihn doch aufgehalten? *Pause.* Keine Verwechslung, sagen Sie? Da bleibt einem die

Spucke weg! Stoppen Sie ihn! *Kurze Pause, dann außer sich* Was heißt, er ist auf dem Weg nach oben? Im Fahrstuhl? -

STELLA *dazwischen* - Grundgütiger!

SEAN *aufgelöst, in den Hörer geifernd* Sie müssen nicht ganz bei Trost sein! Denken Sie, Sie sitzen an nem Ticketschalter? Wer bezahlt Sie eigentlich? Sind das Leute von der Taxifahrergewerkschaft? Das hier ist das Dakota und kein Bahnhof, über Ihnen wohnen Menschen aus Fleisch und Blut! Manche sehnen sich sogar nach etwas Privatsphäre. Sie haben ne Macke - hat Ihnen wohl noch keiner gesagt!

Er knallt den Hörer auf. Türklingeln.

STELLA Ist er das?

SEAN Psst. Sei still!

STELLA Eine Entführung. Ist mir sofort durch den Kopf geschossen. Ich bin nicht mal geschminkt.

SEAN Ruhe im Karton! Wir müssen die Contenance wahren.

STELLA *kramt in ihrer Handtasche.* Wo ist denn das Rouge und der Primer? Ich fang gleich an zu singen.

SEAN Du kannst doch gar nicht singen.

STELLA Wenn schon. Ist ne körperliche Reaktion -
Erneutes Klingeln, gefolgt von leidenschaftlichem Türklopfen. Stella fängt an zu singen. „Yellow Submarine". Es klingt schauerlich.

- In the town where I was born / Lived a man who

sailed to sea -

Sean geht zur Türe. Stella stellt sich ihm in den Weg.

STELLA - Nein, nein, nein. Nein!

SEAN *schiebt sie beiseite.* Beruhige dich.

Sie setzt den Song fort. Lauter.

STELLA And he told us of his life / In the land of submarines -

Sean öffnet die Türe, Stella verstummt, summt die Strophe aber autosuggestiv und leise zu Ende.

AYDEN *in der Türe, perplex, zu Sean* Hat Sie gerade gesungen?

SEAN Hör mal, wir haben einiges intus -

AYDEN - Sie hat also gesungen.

SEAN Wie heißt du, Mann?

AYDEN Ayden. Das muss reichen.

SEAN Was willst du von uns, Ayden?

AYDEN Ich habe die Anweisung, euch abzuholen.

STELLA *während des Schminkens, zu Sean* Eine Entführung, du ahnst es nicht!

SEAN *zu Ayden* Eine Anweisung, was du nicht sagst! -

STELLA *gedankenschnell* Wir haben nichts. Wir sind arm wie Kirchenmäuse.

SEAN Straßenmusiker könnte man sagen.

STELLA Paul ist auch pleite, das haut einen glatt vom Stuhl!

SEAN Die vielen Scheidungen. Ein Elend.

STELLA Yoko macht bereits auf Eat Art. Hab ich in Harper's Magazine gelesen. Neulich soll sie über die essbaren Readymades von Daniel Spoerri hergefallen sein. Über einen Kollegen. Mitten im Museum. Der Hunger!

SEAN Erzähl Ayden mal, dass du deine letzten Kollektionen verramschen musstest.

STELLA Was faselst du? Verbrannt hab ich den Fummel! Drei Tage stand der Rauch über der Stadt.

SEAN Pandemien. Die Inflation. Die Leute gehen in Fetzen, schnüren wie Zombies durch Fred Meyer und Save-A-Lot. Tote Augen, wohin man blickt, ach du dickes Ei! -

STELLA - Die Bluthunde werden foltern und verstümmeln, bevor sie uns dem East River übergeben. Betoneimer um die Füße werden die noch warmen Körper in die Tiefe rauschen lassen. Wer hat dich eigentlich beauftragt, Ayden? John Gotti? *Sie durchstöbert wieder etwas.* Wo ist nun wieder das scheiß Mascara?

AYDEN Schaut ihr kein Fernsehen?

SEAN Wegen dem Lösegeld. Meinst du das?

AYDEN Lorne Michaels hat euch direkt angesprochen. Vor zwanzig Minuten. Ihr kennt doch „Saturday Night Life"? Er weiß, dass ihr in der Stadt seid, und Lorne weiß, dass ich fahre, wenn er mich braucht.

STELLA *zu Ayden* Scher dich zum Teufel! Oder besorg mir neues Puder!

SEAN *beschwörend* Stella!

AYDEN *nachsichtig* Okey-dokey.

SEAN *zu Ayden* Was sollen wir tun?

AYDEN Singen. Drei Lieder. Für seine Enkeltochter.

STELLA Singen? Für die Sippe von diesem Armleuchter? Wir sollen uns soso lala mit dem Schrecklichen abfinden?

SEAN He, Ayden, du hast sie singen hören. Vor einer Minute. Keine Enkeltochter sollte sich das anhören müssen, selbst die von Lorne Michaels nicht. Außerdem hat sie tüchtig gebechert -

STELLA *verzweifelt dazwischen* - Du ahnst es nicht, jetzt hat's auch das Lipgloss zerschossen.

SEAN Sowas aber auch! *Zu Ayden, insgeheim* Sieh sie dir an! Unausstehlich und mit verlaufener Wimperntusche. Warum ruft Lorne nicht bei Ringo an?

AYDEN Lasst uns im Taxi reden, einverstanden? Dort könnt ihr's euch überlegen.

STELLA Taxi? Eingesperrt mit unserem späteren Mörder? Nur über meine Leiche!

SEAN Mach mal nen Punkt, er sieht nicht gerade aus wie De Niro als Travis Bickle.

STELLA Aber Gerard Butler ist er auch nicht.

AYDEN Ich warte unten, bis ihr die Konstellationen

eures gewaltsamen Ablebens hollywoodreif durchdekliniert habt, in Ordnung?

SEAN *vertraulich* Ayden, warte mal! Sie meint es nicht so, okay! Gib ihr ein paar Sekunden für frisches Puder und einen Tampon. Ich glaube, sie würde sogar singen. Des Geldes wegen. Und um Ringo zu ärgern.

STELLA Ich bin eine großartige Sängerin, da gibt's nichts zu tuscheln, ne echte Nachtigall im Vergleich zu Ringo. Gehen wir?

Sie treten hinaus auf den Gang. Gebimmel vor dem Aufzug, die Metalltüre öffnet sich. Der Lift fährt mit ihnen ab.

SEAN *in das Anfahrgeräusch hinein* Es ist gut, unterwegs zu sein.

AYDEN New York ist cool. So cool. Alles bewegt sich. Und ich bewege mich mit.

STELLA Ich hoffe, du kennst den Weg.

AYDEN Ich kenne sie alle. Sogar die verbotenen. Seit nem halben Jahrhundert.

SEAN Wir haben die gleiche Kappe.

AYDEN Was?

SEAN Die gleiche Kappe.

AYDEN Nein, meine ist anders. Brooklyn Cyclones. Kennst du nicht? Ich schau, dass ich immer die neueste bekomme. Um mich von den Fahrgästen abzuheben. Deine ist von den Knicks. Nichts Besonderes, aber die gleichen Farben. Am Tag sieht man die Unterschiede.

SEAN Meine ist der Hammer.

AYDEN Ach ja - *Er möchte das Thema wechseln.* Von wo kommst du, Stella?

STELLA London.

AYDEN Ohio, verstehe.

STELLA England. Die Heimat von Shakespeare und den Beatles. Im Grunde eine Insel.

AYDEN Wie Liberty Island?

STELLA Ja, ja, das trifft es.

AYDEN Ich war mal auf Aquidneck Island. Ziemlich weit draußen, ist ne Weile her. Hab mir ordentlich den Wind um die Nase wehen lassen. Dann bin ich wieder eingestiegen und zurückgefahren.

SEAN Keine Sehnsucht nach Exotik?

AYDEN Wie meinst du das? Ich fahr Taxi, Mann! Was meinst du mit Exotik?

Der Lift hält unter Gebimmel. Sie queren die Lobby des Dakota Buildings.

SEAN *stößt vorrauseilend die Eingangspforte auf, in den Straßenlärm hineinplärrend* Ich dachte - ich dachte nur, falls du das Unbekannte -

AYDEN - Das Unbekannte? Soll ich dich ins alte Schlachthofviertel nach Chelsea kutschieren, die stillgelegte Güterzugtrasse? Wer das Unbekannte sucht, kommt zu mir. Nicht umgekehrt. So läuft der

Hase. Aber du bist mehr der typische Queens-Typ, was?

SEAN Ich bin in New York geboren.

AYDEN *nach einer Pause* Hat mir dein Vater erzählt.

SEAN *baff* Hört sich an, als kanntest du ihn.

AYDEN Ich kannte ihn, ich kannte ihn nicht. Hör mal, du kannst vielleicht fragen! Niemand kannte ihn. Alle glaubten, ihn zu kennen. Der gute John.

STELLA *fühlt sich bestätigt, leicht alkoholisiert.* Dummer, dummer Sean. Wolltest nicht glauben, dass es diesen Taxifahrer gibt -

AYDEN *nachdem er Stella die hintere Fahrzeugtüre galant geöffnet hat* - Bitte sehr, jetzt einfach reinfallen lassen.

STELLA *rollt sich genießerisch auf die Rückbank.* Uh-huh, hinten lässt's sich gut schlummern.

Die Autotür wird zugeworfen. Sean packt Ayden schroff am Schlafittchen, drückt ihn gegen das Taxi.

SEAN *um Beherrschung bemüht* Du verschweigst mir sicher nichts, oder? Ich find's raus!

AYDEN *nach Luft schnappend* Eh Mann, schön langsam! Ich weiß nichts. Ich - ich weiß, was du fragen willst! Ich weiß, was dir den Schlaf raubt! Sei kein Trottel, so wie es ist, ist es am besten, okay? Vielleicht nimmst du die Hände von meinem Hals, damit ich Luft bekomme. *Kurze Pause.* Danke. Und steig jetzt ein, wir haben Verspätung, nein, nicht nach hinten, setz dich besser neben mich, aber fass mir bloß nicht ins Lenkrad!

Sean lässt gänzlich von Aydens Mantelkragen ab. Beide Autotüren werden von innen zugezogen. Sehr gedämpfter Verkehrslärm von draußen, der Seans und Aydens schnaubende Erregung in der Fahrgastzelle sanft untermalt. Nach einer Weile werden die beiden Männer von Stella, die laut schmatzend einen Kaugummi bearbeitet, übertönt. Ayden legt eine Fahrstufe ein.

SEAN *besserwisserisch* Auf D. D wie Drive. Ist doch ne Automatik?

AYDEN Bist du Fahrlehrer oder so was? Ich bin auf D! Musik scheint wohl nichts mehr abzuwerfen. Halt einfach die Klappe.

Sie fahren. Eine Kaugummiblase zerplatzt. Stella möchte beschwichtigen.

STELLA Sollte ein Witz sein. Sean macht dauernd Späße, wenn er runterkommen will. So ein Grobian.

SEAN Ist das die Route?

AYDEN Von Sechsundsiebzig, die meinst du doch? Ich dachte, Paul und John wären über ihrem Kraut eingeschlafen, das hast du doch neulich in dieser Ratesendung behauptet - war das in The Singing Bee?

SEAN Kennst dich gut aus bei Quizshows.

AYDEN Na und ob, ich kuck alles über die Beatles, bei Jeopardy kam ich beinahe in die Vorauswahl, das war noch vor Black Lives Matter, nun denn, geschenkt. *Nach einer Pause* Eigentlich hätte Stella nach Sechsundsiebzig fragen müssen -

STELLA *von hinten, undeutlich -* Was erzählt ihr da? Ich kann euch nicht hören.

SEAN *zu Ayden, konziliant* Willst du darüber reden? Über Sechsundsiebzig? Vielleicht revidiere ich ja meine Meinung über das Kraut.

AYDEN *ausweichend, diplomatisch* Verflixt und zugenäht, du hast vielleicht Griffel! Wie Schraubzwingen.

SEAN Drei Lieder, hast du gesagt?

AYDEN Die Bedingungen sind die gleichen wie damals. Geht es dir wieder besser?

Schweigen. Sean beginnt zu lachen, dann Ayden. Zuerst verhalten, dann aus vollem Halse. Man hört Stella noch etwas Unverständliches in das wiehernde Johlen hineinmurmeln, bevor sie sich kreischend Gehör verschafft.

STELLA He, worum geht's, seid ihr meschugge! Seans Eskapaden sind mir geläufig, aber ein alter Sack, der mein Vater sein könnte, sollte sich besser im Griff haben.

AYDEN *hat sich an etwas verschluckt, bekommt sich erst langsam nach einem Hustenanfall eingefangen, räuspernd, dann bußfertig* Entschuldigt. Ich habe mich gehen lassen. Ich schäme mich aufrichtig, Es ist traurig, wenn ein Taxifahrer sich das eingestehen muss. Ein alter Knacker.

SEAN War das Kafka?

AYDEN Wer?

SEAN Die letzten Sätze. Sie klangen nach Kafka.

AYDEN Spielt der bei den Brooklyn Cyclones?

SEAN Er schlief nackt bei geöffnetem Fenster und las Rudolf Steiner.

AYDEN Ein Nudist also.

SEAN *perplex* Was soll die Anspielung? Mmh? *Nach hinten* Stella, hast du ihn gehört? Woher kann er das wissen?

STELLA *präventiv, besänftigend* Sean!

AYDEN *zu Sean, herausfordernd* Keine Ahnung, was du meinst.

SEAN *bläst augenblicklich zur Attacke auf Ayden.* Ich zeig dir Arschloch mal, was ich meine! -

Nachfolgend sind Laute eines eskalierenden Handgemenges zu hören: Ein Prozess ausufernder Übergriffigkeiten, bei denen Ayden die Kontrolle über das Fahrzeug zurückzugewinnen versucht, während Seans bacchantische Lust an der überbordenden Balgerei umso angespornter wirkt.

STELLA *beschwichtigend* Sean!

Quietschende Reifen. Hupende Fahrzeuge. Jemand klopft von außen auf die Frontscheibe, ruft etwas, das verweht.

AYDEN *aufgelöst* Nicht das Lenkrad! Niemand

greift mir in die Speichen!

SEAN *genüsslich* Wir gehen alle drauf! Ayden, was hältst du davon?

Aufheulen des Motors.

AYDEN Ich seh nichts!

STELLA *alarmiert* Sean, seine Kappe!

SEAN Dann krepieren wir eben gemeinsam!

AYDEN Da ist was vor den Augen, die - die Kappe ist verrutscht, Herr im Himmel! -

STELLA - Wir werden alle sterben, ich werd nicht mehr! -

AYDEN *zu Sean, gequält* - Du Hurensohn drückst mir die Kehle zu! Ich seh schon Sterne, ganze Tierkreiszeichen! -

STELLA - Teufel auch! -

Sie beginnt zu singen, um sich abzulenken und die Gemüter zu besänftigen. „Maxwell's Silver Hammer." *Es klingt gut.* Joan was quizzical / Studied pataphysical science in the home / Lauter Late nights all alone with a test tube / Oh, oh, oh, oh -

Aus Verwunderung und weil sie ihren Ohren nicht trauen, haben Sean und Ayden zwischenzeitlich die beherzte Rauferei eingestellt. Sean löst Stella, die noch eine Weile im Hintergrund weitersummt, als Gesangsstimme ab, indem er überraschend und etwas kratzig und schüchtern „Ob-La-Di, Ob-La-Da" intoniert.

SEAN - Desmond has a barrow in the marketplace

/ Molly is the singer in a band - *Er kann Stella un-
verhofft zum überschwänglichen Mitsingen animieren.*

SEAN *und* STELLA - Desmond says to Molly, „Girl,
I like your face" / And Molly says this as she takes
him by the hand / Ob-la-di, ob-la-da / Life goes on,
brah / La, la, how the life goes on -

*Bevor beide den Refrain nochmalig in Angriff nehmen
können, fällt Ayden urplötzlich und frenetisch mit einem weiteren Beatles-Gassenhauer ein -*

AYDEN - Good day sunshine / Good day sunshine
/ Good day sunshine -

*Sean sieht sich indessen als Künstler herausgefordert
und akzentuiert die nachfolgenden Songzeilen alternie-
rend mit Ayden zu einem affektiert wirkenden Singsang
unterschiedlicher Timbre.*

SEAN I need to laugh, and when the sun is out.

AYDEN I've got something I can laugh about.

SEAN I feel good, in a special way.

AYDEN I'm in love and it's a sunny day -

*Stella fühlt sich beschwingt, möchte den beiden Män-
nern beim ausklingenden Krakeelen ungern das Feld
überlassen.*

STELLA, SEAN *und* AYDEN *beseelt* - Good day
sunshine / Good day sunshine / Good day sunshine.

*Ausgelassenes, nur langsam abreißendes Lachen. Kein
Straßenverkehr und nachfolgendes Schweigen. Zu hören sind die Windgeräusche des dahingleitenden Taxis.*

Sean hat nach einer Pause eine Brille aus einer Ablage geklaubt.

SEAN John hat so ein Brillengestell besessen. Sag nicht, du kennst es nicht -

AYDEN *schwankend* Ich -

SEAN - Er war auf Sehhilfen angewiesen. Komm nicht mit: Ein Betrunkener hat sie liegen lassen!

STELLA *immer noch beschwipst.* Wann sind wir eigentlich da? Ich möchte jetzt singen. Vor einem Millionenpublikum. Hatte Lorne Michaels nicht gerade Geburtstag? Den fünfundsiebzigsten?

AYDEN *zu Sean* In Ordnung, er hat sie mir geschenkt. Ist das okay für dich?

SEAN John hat keine Brillen verschenkt. Er hat sie Sotheby's gegeben. Für wohltätige Zwecke. Oder Yoko. Für belanglose Readymades.

STELLA *befremdet* Warum fahren hier draußen keine Autos? Eben waren noch überall Lichter. Ich glaub, ich hab auch schon den ersten Vogel gesehen. Wie spät haben wir eigentlich?

SEAN *zu Ayden* Du wolltest uns nie dort absetzen, stimmt's?

AYDEN Ich wollte, dass wir uns mal kennenlernen.

SEAN Dann wäre das also geklärt.

STELLA *zu Ayden, benebelt, aber gefasst* Bringen wir es hinter uns. Pistole. Genickschuss. Bloß keine Eisenstange, das musst du uns versprechen! Und keine gebrochenen Beine, autsch, keine unnötigen Schmerzen. Immerhin haben wir gerade „Good Day Sunshine" zusammen gesungen, das wirkt sich doch strafmindernd aus?

SEAN Ist das nicht die Straße raus zum Flughafen?

STELLA Schaut mal aus dem Fenster! Irgendwie wirkt die Landschaft wie vergessen und aus der Zeit gefallen, wie auf einem künstlich gealterten Bild. Was für ein Film läuft da gerade?

AYDEN Der Morgen war kühl. Genau wie heute. Wir waren schon abgebogen. Dann sahen wir diese Lichter und hörten Geräusche.

SEAN Ayden, es war wirklich nett mit dir, ehrlich. Ist das dort drüben nicht Lefferts Boulevard, die U-Bahn-Station? Wäre toll, wenn du uns da absetzen könntest. *Er durchsucht seine Manteltasche.* Ich schau mal, ob ich Kleingeld dabeihabe.

STELLA *protestierend* Sollte nicht Lorne für die Spazierfahrt aufkommen?

Abrupt einetzende Poltergeräusche. Nachdem es urbanen Siedlungsraum hinter sich gelassen hat, rumpelt das Taxi einem unbefestigten Weg mit fiesen Schlaglöchern entlang. Die folgenden Sätze werden zudem vom heftigen Knarzen und Knistern der Innenraum-Verkleidung begleitet.

SEAN *möchte Zeit gewinnen, argwöhnisch* Wir könnten natürlich zuerst Frühstücken. Stella, schaust du mal, ob Shake Shack schon offen hat!

STELLA *spielt längst an ihrem Smartphone herum, irritiert.* Kein Empfang, kein Internet! Wartet! *Kurzes Schweigen.* Der Akku ist leer, ach du grüne Neune! Kann nicht sein, war eben noch an der Dose! Habt ihr gesehen, dort draußen ist gerade was Schuppiges vorbeigeflogen, war jedenfalls kein Vogel. Wie viel Wein haben wir eigentlich getrunken?

AYDEN Wisst ihr, warum John kein Beatle mehr sein wollte?

STELLA *trocken* Weil Linda größere Titten hatte als Yoko - jetzt wisst ihr's.

AYDEN Weil er Schwarze Musik machen wollte. Richtig schwarz.

SEAN *unumstößlich* John machte schwarze Musik. Sein Beat hatte den Blues. *Nach einer Pause, verschnupft* Warum erzählst du uns das? Willst du dich von einem Trauma befreien, bevor du uns in dieser erloschenen Welt dort draußen verscharrst?

AYDEN Er glaubte, er hätte sie uns geklaut. Er und Paul. Mit den Melodien, die sie zusammen komponiert hatten. Es klang, als wollte er uns sämtliche Songs eines Tages zurückgeben, das war sein tollkühner Plan. Hör zu, Uncle Ben, sagte er, wenn ich jemals aus diesem besitzlosen Nepal zurückkommen sollte -

STELLA *dazwischen* Uncle Ben? Er sagte Uncle

Ben? Der glatzköpfige Opa auf der Reistüte?

AYDEN Was sollte er denn sonst sagen?

STELLA *empört* Bestimmt nicht Uncle Ben!

AYDEN Ich sage auch Nigger, wenn ich über meinesgleichen rede. Das war schon Sechsundsiebzig so. Ich kann mich nicht daran erinnern, jemals weiß gewesen zu sein. Warum sollte ich etwas dagegen haben, wenn mich Leute Uncle Ben nennen?

SEAN Jedenfalls sagst du nicht: Er hatte diesen robusten Humor, dein Vater!

STELLA *dazwischen* Idiot!

AYDEN Wenn ich irgendwann aus diesem bitterkalten Nepal heimkehren sollte, sagte John zum Abschied, dann werde ich ein anderer Mensch sein. Kein Schwarzer wie du. Aber stolz und frei. Vielleicht fahre ich Taxi. Exakt das sagte er - so wahr ich Uncle Ben heiße.

SEAN Nepal?

AYDEN *bekümmert* Also schön, ursprünglich wollte er zum Islam konvertieren. Wie Cat Stevens. Aber dann reichte es nur zum Buddhismus und bis nach Zermatt.

STELLA Die Schweiz?

AYDEN Muss in der Nähe von Stellas England liegen. Keine Insel, aber mit mächtigen Bergen, was man so hört. Er war in Gedanken bereits auf diesem Hindu-Trip, und wir kämpften uns durch dichten

Straßenverkehr Richtung Flughafen, als die Sache mit dem UFO dazwischenfunkte. Ich erzähl euch das, weil ich euch vertraue und ihr sicher wissen wollt, was an dem Abend der Show passierte.

SEAN Stella, hast du dort nicht ne Boutique, in Zermatt?

STELLA Hab dort längst alles auf Chinesisch gedreht. Das gesamte Marketing. Russisch geht ja nicht mehr.

AYDEN Bergführer war immer sein Traumberuf. Er hat mir ständig vergilbte Postkarten gezeigt, sämtliche Viertausender und Autogramme bekannter Himmelsstürmer. Ausnahmslos Eisriesen. Heinrich Harrer. Anderl Heckmair. Leni Riefenstahl. Wastl Fanderl. Polo Hofer. Nur diesen Yeti aus Brixen hat er nie gemocht, weil der seinen Bruder in der Wand gelassen hatte, solche Skrupellosigkeiten kannte er nicht mal von Paul. Fool On The Hill hat er seine Bergschule am Matterhorn genannt, weil es lustig klingt, wenn die Asiaten es aussprechen.

Das Fahrzeug hält. Sie steigen aus, bewegen sich vorsichtigen Schrittes vom Wagen fort. Die beklemmende Stille, die sie hier draußen empfängt, wird durch knackende Äste, fremdartige Tierlaute und das nachfolgende Gespräch aufgebrochen -

SEAN Du sprichst von John, als würde er leben. Als säße er immer noch hinten in deinem Taxi.

AYDEN Herrgott im Himmel, er lebt. Gezeichnet von Gicht und hartem Schanker, kutschiert er an seinen freien Tagen Phil Collins in dessen Rollstuhl durch den Kurpark von Gstaad. Dort spielt er auch Mühle mit Tina Turner.

Weil er sich von Ayden über Gebühr verhöhnt fühlt, möchte Sean erneut ein reinigendes Gewitter lostreten. Stella kann ihn - mithilfe sanfter körperlicher Gewalt - soeben zurückhalten, fällt ihm deeskalierend ins Wort.

STELLA *gedämpft* Lass, vielleicht ist es seine Art, damit abzuschließen.

SEAN *zu Ayden, mokant* Sorry, war mir glatt entfallen: An diesem 8. Dezember 1980 hatte er natürlich Heimaturlaub eingetragen, um sich in New York fünf Kugeln in den Kopf jagen zu lassen.

AYDEN *baff* Er ist nicht zurückgekommen - wer hat dir diesen Floh ins Ohr gesetzt? Warum hätte er zurückkommen sollen? *Grübelnd, nach einer Pause* Hat euch Yoko nichts davon erzählt? Oder Paul? Ihr solltet die Wahrheit erfahren, wenn ihr erwachsen seid, das war die Abmachung, sie hatten es mir versprochen -

SEAN - Wahrheit?

STELLA Welche Abmachung?

AYDEN *amüsiert* Wie ahnungslos ihr jetzt dreinschaut. Ihr müsstet euch mal im Spiegel sehen. Unschuldig wie Königskinder.

STELLA *inspiriert, sprühend* Judihui, so nenne ich die Herbstkollektion! Königskinder - wie goldrichtig klingt das denn? Möchte jemand Einspruch einlegen?

AYDEN Yoko war ganz wuschig seit dieser Ausstellung. Der Typ, den sie dort kennenlernte, war John wie aus dem Gesicht geschnitten. Als er bei ihr einzog, hatten sie bereits intensiv mit den Augen gefickt. Zudem konnte er singen und ein Banjo von einer Gitarre unterscheiden.

STELLA Ein Doppelgänger, willst du sagen.

AYDEN Ihre Ehe lag in Trümmern. Sean, deine Eltern hatten sich am Ende nicht mehr viel zu sagen. Im Grunde wollte jeder raus aus seinem Leben.

SEAN Wie hieß er?

AYDEN Der Typ, meinst du? Klaus. Es ist eine Tragödie.

STELLA *euphorisch* Sean, dein Vater lebt!

SEAN Ich kann mich nicht freuen.

STELLA John lebt! Scheiß auf die Gicht und den Schanker!

SEAN Ich kann mich nicht freuen. Ich muss zuerst diesem Verrückten in die Augen sehen.

STELLA *betrübt* Sean.

SEAN Ich möchte seine Gehirnströme erspüren, glaubst du, das klappt?

STELLA *tonlos* Sean.

SEAN Ich hoffe, er implodiert, wenn ich ihm erzähle, dass er den Falschen erschossen hat. Einen armen Teufel aus Deutschland. *Pause, dann nachdrücklich.* Ayden, erzähl uns von diesem Abend! Du weißt, was ich meine, die Show.

AYDEN John, Yoko und Klaus saßen in dieser arschkalten Wohnung und überlegten, wie es weitergehen sollte. Paul war auch da. Sie tranken ohne Verstand, einige Tüten machten die Runde. Dass der Fernseher im Hintergrund lief, war Zufall. Als sie amüsiert Lorne Michaels Avancen zur Kenntnis genommen hatten, platzte es geradewegs aus John heraus: Mach es, Klaus! Geht jetzt einfach dort rüber und spielt für diesen Trottel „I Want to Hold Your Hand"! Paul war sofort Feuer und Flamme, er hatte zu viel geraucht und betrachtete alles als einen großen Gag.

STELLA Warum sind sie nicht aufgetreten?

AYDEN Klaus hatte Lampenfieber. Er pisste sich ins Hemd. Sie hatten den Pförtner bestochen und gingen bereits durch die hintere Pforte des Studios, als Paul bemerkte, wie Klaus am ganzen Körper zitterte und das Wasser nicht einhalten konnte. Es lief in Rinnsalen an seinen Hosenbeinen runter und sammelte sich in den Schuhen. John hat nie davon erfahren, wir waren mit dem Taxi ja längst außerhalb der Stadt, er feixte und spottete bei seiner Abreise wie ein närrischer Till, juchhu, ein Beatles-Comeback mit seinem Double.

SEAN Yoko muss nach dem Attentat untröstlich gewesen sein.

AYDEN Sie wollte sich umbringen. Mit Terpentin. Irgendeine Brühe, mit der sie ihre Farben anmischte. Sie wollte ihren Tod filmen und es wie ein Happening aussehen lassen. Klaus hatte für sie alles aufgegeben, ihretwegen machte er jede Maskerade mit. Auch aus Treue zu John. Habt ihr seine letzten Fernsehauftritte gesehen? Die roten Gummianzüge?

STELLA Die wird Sean ihm niemals verzeihen, stimmt's?

SEAN Er hielt die Gitarre für ein Stück Holz, mit dem man prima Krach machen kann, soll ich darüber hinwegsehen?

AYDEN Yoko liebt Dissonanzen. Sie hatte sich mit John immer wegen Phil Spector in den Haaren. Sie hasste dessen Klangwälle, die Überorchestrierung, die Johns Musik indifferent machte. Außerdem war er ein Grabscher.

SEAN Wie sieht er heute aus?

AYDEN John? Er will dich sehen. Dich und Stella. Er glaubt, ihr seid auserwählt.

STELLA *schabt mit der Schuhspitze an der Erdkrume herum.* Was sind das für Kreise hier am Boden?

SEAN Sieht aus wie versengtes Gras. Stand dort das Zirkuszelt? *Er schnüffelt.* Riecht ihr das? Wie ge-

60

schmolzenes Metall.

AYDEN Die Schwerkraftschilde.

Entferntes Dröhnen, das Trompetenklängen ähnelt.

STELLA Hört mal!

AYDEN *unerschrocken* Sie kommen. Schaut in den Himmel.

Sie sehen und schweigen. Mysteriöse Walgesänge überlagern die Posaunen.

STELLA Wer sind sie?

AYDEN Sie sind körperlos, kommunizieren über Gedanken.

Unerklärlicher, apokalyptischer Sound, der langsam verhallt. In das abebbende Geräusch hinein ist das Ächzen einer runterklappenden Luke zu vernehmen, begleitet vom Zischen ausströmenden Gases. Es klingt wie beim Öffnen eines Schnellkochtopfes.

AYDEN Ihr müsst jetzt einsteigen. John erwartet euch. Sie haben Pepperland extra für euch rausgeputzt, alles in Schwarz-Weiß. Stella, erinnerst du dich an den Röhrenfernseher? Sicher wird Yoko ihre berühmten Marihuanaplätzchen gebacken haben und Linda im ausgebauten Spitzboden des Heuschubers ein Kapitel aus „Der geheime Garten" lesen. Tretet ein und macht es euch bequem.

Sean und Stella betreten - unter dem mechanischen Keuchen und monotonen Fiepen einer nebulösen Tonkaskade im Hintergrund - das Raumschiff. Ayden ruft ihnen hinterher.

AYDEN Wartet! *Er durchwühlt hastig seinen Mantel.*
Das möchte ich euch mitgeben.

SEAN *emotionslos* Die Brille.

AYDEN Sie lag viel zu lange in diesem Taxi.

Kein Geräusch. Kein Abheben des Raumschiffs.

Synopse (*„Eleanor Rigby verlässt New York und ertrinkt in Liebe"*)

Es sollte nur ein Witz sein, aber beinahe wäre daraus eine historische Wiedervereinigung geworden. Als der Produzent von Saturday Night Live am 24. April 1976 in einem Sketch Geld für die Reunion der Beatles anbietet, sitzen John Lennon und Paul McCartney nur ein paar Häuserblocks entfernt vor dem Fernseher. Lorne Michaels hält einen Scheck über dreitausend Dollar in die Kamera und verspricht, dass sie nur drei Lieder für seine Oma spielen müssten. Er kann nicht wissen, dass die beiden tatsächlich kurz darüber nachdenken, ins Studio rüberzufahren. Doch dann sind sie „über ihren Drogen eingeschlafen", glaubt Sean. „Blödsinn", entgegnet ihm Stella. Das Taxi sei im dichten New Yorker Straßenverkehr steckengeblieben und schaffte es nicht rechtzeitig, die beiden Musiker vor Ende der Show abzusetzen.

Vierzig Jahre nach Johns Ermordung haben sich Sean und Stella, zwei der prominenten Beatles-Kinder, im Dakota Building am Central Park einquartiert und memorieren skizzenhaft die kuriosen Ereignisse jener Nacht. Bald schießen wilde Spekulationen über das letzte Zusammentreffen der ungleichen wie rätselhaften Stars ins Kraut, mäandert die Geschichte in Lennons ehemaligem Appartement an der Grenze verbriefter Wahrheiten und wundersamer Legenden entlang. Denn weder werden die sattsam bekannten Details des späteren Attentats auf den Musiker korrekt wiedergegen, noch folgt die Story stringent den kruden Verschwörungsformeln einiger Fans. Muss am Ende aber doch jener Teil der Musikgeschichte umgeschrieben werden, der die symbiotische Beziehung der kongenialen Songschreiber in der subjektiven Wahrnehmung ihrer Familien neu ausleuchtet? Und was haben Johns Kurzsichtigkeit und dessen Glaube an Außerirdische mit der Sache zu tun? Oder sollten Sean und Stella den Schnurren des mysteriösen Taxifahrers Glauben schenken, der ihnen höchst plastisch seine Version von einer Doppelgänger-Theorie samt konspirativer Flucht-Odyssee unter die Nase reibt?

„Eleanor Rigby verlässt New York und ertrinkt in Liebe" ist satirisches Märchen und parodistisches Science-Fiction-Musical zugleich, ein kurzes, freidrehendes Hördrama, das von der Last des Überlebens im Schatten hypermedialer Aufmerksamkeit erzählt - und davon, dass man sich der Bürde eines großen Namens am Ende wohl nur mit einem Übermaß an Fantasie und gesunder Selbstironie stellen kann.

„John war der Sand im Getriebe einer gut geölten Pop-Maschine"

Der Autor über seine Erinnerungen an die Beatles, die Zukunft des Sprechtheaters, Anschläge auf Kunstwerke, und warum ihn Michael Jackson nie inspiriert hat.

Wann wurdest du auf die Beatles aufmerksam?
Als Kind. Ich bin 1964 geboren. In dem Jahr, als sie sich trennten, bauten wir gerade unser Häuschen, meine Eltern zogen mit mir raus aufs Land. Im Sommer schliefen wir anfangs in unserer Baubude neben dem Rohbau, nachts fraßen uns die Stechmücken auf, da denkt man nicht ständig in künstlerischen Begrifflichkeiten. Ich erinnere mich aber entfernt an ein psychedelisches Plattencover, das ich in einem Frankfurter Schaufenster erspähte. „Rubber Soul"? Keine Ahnung.
Du lebst also von der Erzählung?
Wie die meisten, ja. Unterbewusst werde ich sie natürlich häufig im Radio gehört haben, das uns überallhin begleitete, ein Kofferradio genaugenommen, der grottenschlechte Klang lässt sich nicht imitieren. In dieser Zeit habe ich die Beatles auch nicht als Musikgruppe wahrgenommen, sondern

als Gesellschaftsphänomen, weil mein Vater über jeden, der Musik machte und längere Haare hatte als er selbst, von einem „Beatle" sprach. Da mein Vater seine wenigen Haare sehr kurz trug, war ich im Grunde andauernd von irgendwelchen Beatles umgeben. Sie waren austauschbar, das mag die Erinnerung weiter getrübt haben.

Formt das eine eigene Wahrheit?

Das ist das Interessante. Selbst bei denjenigen, die sie noch aktiv in ihren Jugend- und Erwachsenenjahren erlebt hatten, vermischten sich im Laufe der Jahrzehnte Fiktion und verbriefte Tatsachen zu trügerischen privaten Anekdoten, zu eigenen Wahrheiten. Das ist kein reines Achtundsechziger-Ding mehr.

Woher kommt's?

Die Geister, die wir einst riefen, sollen anscheinend milde gestimmt werden. Vielleicht wollen wir der Pubertät posthum einen weihevollen Anstrich geben. Da stehen dann diese Flegeljahre so als Tabernakel auf dem Dachboden unserer Erinnerung und setzen Staub an. Manchmal gehen wir nach oben, lüften kurz durch und registrieren zufrieden, dass sich alle vorgefassten Bilder noch in den Schubladen befinden.

Der Mensch lebt von der Verdrängung.

Er zehrt von der Sehnsucht nach diesen alten Zeiten, ist gleichwohl entzückt von Spekulationen und Mysterien. Es ist ein ständiges Großreinemachen in unseren Köpfen, das die Musikindustrie folgerichtig dazu nutzt, zielgruppengerechte Mutmaßungen über ihre Künstler in den Ring zu werfen. Die Sozialen Medien und wir als Konsumenten gehen am Ende nur deren Projektionen auf den Leim, es ist ein permanenter Ausfallschritt. Die letzten Platten der Beatles waren eine Hybris auf all das, was sie vorher gemacht hatten, eine Art Reminiszenz im Hamsterrad der Überironisierung. Sicher hatte sich bei ihnen ein untrüglicher Weltekel ausgebildet, der auch nach innen toxisch wirkte. Sie hatten die Strukturen, die sie in den Olymp der Popmusik aufsteigen ließen, so weit durchschaut, dass ihnen das Business jetzt als Vergeltungsmaßnahme mit Liebesentzug drohte.

Und sie fallen ließ?

Die hatten genug von ihren Flunkereien, das stimmt.

Trug das zum Ende der Beatles bei?

Zur Trennung, meinst du?

Ja.

Nein, nein, sie wollten sich nicht trennen. In diesen Kategorien dachten sie nicht. Jedenfalls gab es keine unüberbrückbaren Dissonanzen, so Rosenkrieg-Szenarien, die heute noch in einigen Musikmagazinen angefacht werden. Es gab Begehren, sich eine Weile aus dem Weg zu gehen, aber es gab eben noch keine Mediation und andere moderne Methoden, denen man sich heute bedient, wenn die Kacke dampft. Dass man sich trennt, wenn der Haussegen schief hängt, entsprach gewiss nicht dem Wesen der Beatles und ihrer proletarischen Herkunft.

Schon Jahre vor ihrer Auflösung hielten sich Gerüchte. Hatten sie zu lange geflunkert?

Flunkern war ein gewichtiger Teil ihres Gencodes und ihrer Coolness. Die Beatles hatten ihre Karriere auf Chauvinismen und Ammenmärchen aufgebaut, sie waren tragende Säulen ihres Geschäftsmodells.

Klingt schwer nach Wilhelm Busch und Baron Münchhausen.

Mir hat das beim Schreiben geholfen, ich bin mir zumindest nicht ständig wie ein Schuft vorgekommen, wenn ich die Wahrheit im Sinne einer plausiblen Dramaturgie biegen musste. Im Hörspiel tanzen die Figuren ja unentwegt zwischen Unbegreiflichem, Unsagbarem und groben Unfug hin und her, einige der kolportierten Behauptungen können sich bereits in der biografischen Herleitung so nicht abgespielt haben, tja, was soll ich sagen? Es ist mir egal.

Wirklich? Im Text wird das Blaue vom Himmel runtergelogen.

Woher weißt du das? Was fingiert und hypothetisch anmutet, muss nicht bis in alle Ewigkeiten ins Reich des Nonsens verweisen. Vielleicht haben uns John und Paul viel öfter hinter die Fichte geführt, als wir wahrhaben wollen. Warum sollten uns deren Kinder heute weniger zum Narren halten? Die Beatles hätten diese ziemlich durchgeknallte Eulenspiegelei über ihr Nachwirken sicher geliebt. Sie basiert ja auf der Annahme, wie John sich der Bürde seines großen Namens in späteren Jahren gestellt hätte, wenn er diesem schrecklichen Anschlag entkommen wäre - mit überbordender Fantasie und selbstverständlich im Stil eines Schildbürgerstreichs.

Wir waren bei ihrer Trennung stehengeblieben.

Sie war ein Versehen. Paul hatte sie verkündet, weil er glaubte, John hätte die Beatles kurz zuvor verlassen, was natürlich nur ein weiterer von Johns Witzen war. Noch heute erschreckt Paul, wenn er in Interviews darauf angesprochen wird. Wahr ist: Sie hatten allen Mutmaßungen, die monatelang durch die Gazetten geisterten, nicht widersprochen. So ist das Ende der Beatles auch die Story von der Kampagne über eine selbsterfüllenden Prophezeiung. Wenn jeder an die Unwahrscheinlichkeit glaubt, ist irgendwann niemand mehr da, der sie verhindert.

Der Zeitgeist hatte sich gedreht.

Die Hippies waren tot, hatten ihren Rausch ausgeschlafen oder machten ihre ersten Millionen an der Börse. Die Moden machten die Beatles obsolet. Im Grunde hätten sie sich gar nicht trennen müssen.

Das Ende des großen Flunkerns?

Der Beginn einer finsteren Ernsthaftigkeit, ja. Dylan stellte auf seiner Rolling Thunder Revue sogar das Singen ein und bellte den Abscheu in die großen Hallen hinein. Richard Nixon regierte im Weißen Haus, die Protestformen hatten sich ab den frühen Siebzigern institutionalisiert, selbst der progressivste Amtsschimmel hielt harmlose Spötteleien in diesen humorlosen Zeiten für eine Krankheit. Hast du Paul bei den Wings jemals ironisch erlebt?

Paul soll, der bekannten Verschwörungstheorie nach, Mitte der Sechziger nach einem Autounfall ums Leben gekommen und durch einen Doppelgänger ersetzt worden sein.

Ob die Beatles das Gerücht selbst in die Welt setzten, bleibt spekulativ. Sicher ist: John hat solche Legenden stets eifrig befeuert und war hinterher nur selten bereit, sie zu negieren. Dass ich nun ausgerechnet John in den Fokus eines vorgetäuschten konspirativen Kraftfeldes gestellt habe, ist kein Zufall. Er hat es sich redlich verdient.

Was machte John aus?

Der beißende Sarkasmus, seine derben Anzüglichkeiten natürlich. Das sind ja Steilvorlagen, die jeder

Autor erst einmal erlaufen muss, wenn er Fiktion herstellen will. Paul war der Mann auf der Brücke, der durch sein Arbeitsethos den Laden zusammenhielt, Ringo beamte sich mithilfe des Erfolgs in den Dauermodus eines höhnisch gesättigten Jetset-Lebens, George war zwar ganz bei sich, wirkte dafür mitunter wie aus der Zeit gefallen. John aber war der Sand im Getriebe einer gut geölten Pop-Maschinerie, der letzte Stachel im Fleisch eines florierenden wie prinzipienlosen Vermarktungs-Universums.

Bei dir entkommt er den tödlichen Schüssen.

Nicht aber dem Spießerdasein im schweizerischen Exil.

Musste es so schrecklich enden?

Unbedingt. Er schiebt an seinen freien Tagen Phil Collins in dessen Rollstuhl durch den Kurpark von Gstaad, kann es etwas Schöneres geben?

Er spielt dort auch Mühle mit Tina Turner.

Tina und Phil, das ist so irre, oder? Ich hab mir vor ein paar Tagen gerade wieder „Dance on a Volcano" und „The Cinema Show" angehört, den variantenreichen Mittelteil. Danach verzeihst du Phil alles, sämtliche Drum-Sound-Gimmicks der Achtziger, selbst die verhunzten Produktionen für Clapton. John hätte dieses zweite Leben als Bergführer in den Alpen geliebt, ich bin mir ziemlich sicher, die Transformation einer abgehalfterten Großstadtlegende, die das utopische Narrativ eines Altersruhesitzes unterm Matterhorn unterfüttert. Schau dir Johns letzte fünf Lebensjahre an! Er lebte völlig zurückgezogen in diesem scheußlichen New Yorker Apartmenthaus, depressiv, beinahe mönchisch. Ein paar belanglose Kollaborationen mit angesagten Musikern, Gastauftritte in ulkigen Kunstlederoveralls und mit teigigem Teint - fürchterlich!

Die Außenwirkung war ihm egal?

Die Bilder waren ihm schnuppe. Gut, dass du es ansprichst, ich wäre später noch darauf zu sprechen gekommen, weil ich mit diesem Thema noch nicht fertig bin -

- Den Bildern?

Gewissermaßen, ja. Was ist, spielen wir ein Spiel? Nur ein paar Fragen.

Gerne.

Was verbindest du mit den Stones?

Mmh -

- Nein, nein, du musst spontan antworten.

Micks enge Hosen.

Die Beach Boys?

Surfboards, so weit das Auge reicht, und dieser unerträglich blaue Himmel.

Hendrix?

Klar, Drogen. Und die flambierte Stratocaster.

The Who?

Pete Townshends „Windmühle". Außerdem zerlegte Keith Moon gegen Ende der Show sein Drumset.

Die Beatles?

Kreischende Mädchen, Pauls Höfner-Bass und „Yellow Submarine", der Film.

Ist dir etwas aufgefallen?

Krach und Revolte.

Jedenfalls definierten sie alle Bands über den Furor der damals vorherrschenden lodernden Geisteshaltung, natürlich in Verbindung mit den zur Schau gestellten sexuellen Anzüglichkeiten ihrer Frontmänner. Ihr Image als brave und nahbare Surflehrer nutzten selbst die Beach Boys für eine starke homoerotische Aufladung, damit waren sie Teil des Anti-Establishments. Diese Zuschreibungen führen auf direktem Weg zu einer Markenbildung, die Bilder fungieren als wichtige Landmarken bei der Ausbildung einer Corporate Identity. Lange dachte ich, bei den Beatles wäre es auch so gewesen. Aber das stimmt nicht. Fast alle Bilder, die sich uns von ihnen eingebrannt haben, wurden den Beatles bei Gelegenheit angetragen: Die wuschigen Fans, der Zeichentrickfilm, von dem sie erst später erfuhren. Was auffällt: Das bekannte Bed-In, an das sich viele von uns erinnern, konnotiert nicht zufällig explizit John und Yokos experimentelle Form des gewaltfreien Protests als reine Privatpersonen. Im März 1969 existierten die Beatles noch, nicht einmal „Abbey Road" und „Let It Be" waren veröffentlicht, und dennoch drängten sich keinem, der damals an den Vietnamkrieg dachte, die Beatles auf. Findest du das nicht merkwürdig?

Doch, doch, ich denke bei Vietnam auch zuerst an Coppolas „Apocalypse Now" und die Doors.

Selbst die Flanellhemd-Rocker von Creedence Clearwater Revival haben an amerikanischen Unis Eindruck hinterlassen, Zappa immerhin noch auf den Toiletten der Wohngemeinschaften. Nein, Aufstand und Rabatz hatten die Beatles für sich nie gepachtet.

John galt als sensibel.

Er brachte die Zweideutigkeit ins Popbusiness, also war er sensibel. Als ihm sein Image als ewiger Polit-Kunst-Aktivist vergiftet erschien, war es allerdings zu spät. Er war künstlerisch ausgebrannt und wohl auch unglücklich, und er hatte - in Gegensatz zu Dylan, der sich allen Zuschreibungen augenblicklich entzog - ab Mitte der Siebziger musikalisch nichts mehr im Köcher.

Haben die Bilder den Beatles geschadet?

Sie wussten um deren Macht. Die Stones verkauften sich über Skandale und dem Wissen ihrer Fans darüber. Musik und Habitus korrelierten als Brandbeschleuniger im Plattenladen und an der Abendkasse. Mick Jagger kreierte aus der Erwartungshaltung seiner Fans und dem damals vorherrschenden Zeitgeist ein perfides Spiel: Gedanklich hatten die Zuschauer die Berliner Waldbühne ja längst zerlegt, bevor Keith Richards die ersten Riffs anspielen konnte. Das war Manipulation und klassische Punk-Attitüde zugleich, Pete Townshend wusste sehr früh um deren Wirkung. Pauls Höfner-Bass hat sich uns hingegen gerade deshalb ikonisch ins Gedächtnis eingebrannt, weil er ihn nicht zertrümmern musste. Seien wir ehrlich: Die eigentlichen Fans der Beatles waren im Grunde pubertierende Mädchen oder Kinder. Dass sie ihnen ständig an die Wäsche wollten, lag vermutlich bloß daran, dass Jim Morrison die Bühne noch nicht betreten hatte. „Yellow Submarine" war in Wahrheit nichts anderes als ein verklausulierter Drogentrip auf Zelluloid, aber er funktionierte eben auch im Kinderzimmer. Das war der Trick. Hast du die Beatles mal live spielen sehen? In einem dieser frühen Zusammenschnitte aus dem Cavern-Club?

Es gab häufig Randale.

Sie spielten in den übelsten Spelunken der Welt, auf der Reeperbahn in einer Art Akkord-Betrieb rund um die Uhr. Um sie herum brannte die Luft, ständig gab es Schlägereien, was in der Rückschau etwas anachronistisch und widersprüchlich anmutet, denn die Beatles mögen talentiert, charmant und schlagfertig gewesen sein, aber sie waren auch die langweiligste Live-Band der Welt, kein Vergleich zu der Exaltation und der rohen Energie der Kinks oder der Who.

Woraus speist sich dann die anhaltende Popularität?

Sie funktionierten als Gruppe. Das ist wichtig! Andere Bands hatten ihre Sexgötter, die als Posterboys die Wände sämtlicher Jugendzimmer verunstalteten, die Beatles stellten sich hingegen in den Dienst der Mannschaft. Mir fällt gerade dieser Bravo-Starschnitt ein, der so gewaltig war, dass ich ihn unter Tränen einmotten musste, weil er nicht einmal neben die Tischtennisplatte an die Kellerwand passte. Gibt es eigentlich Einzelporträts von John, Paul, George und Ringo aus ihrer Zeit bei den Beatles? So vertraulich wirkende Pressefotos, die ihr Management für die Gazetten autorisierte? Ich wüsste nicht. Keith Richards und Mick Jagger wurden seinerzeit millionenfach einzeln plakatiert und lanciert, häufig mit Mascara geschminkten Augen und in Röhrenhosen, die Liverpooler gab es gewissermaßen nur im Viererpack.

Ein echtes Unterfangen in Zeiten von Hedonismus und Egozentrik.

Na ja, Paul hatte auch kein Gesicht wie ein trockengelegter Sumpf und band sich Piratentücher um.

Dennoch musste das Vakuum gefüllt werden. Sie rezitierten ja auch nicht ständig Rimbaud.

Sie füllten die Leerstellen mit Erzählungen zu ihren Songs. Erst vor ein paar Monaten hat Paul mit seinen „Lyrics"-Bänden sein Songwriting über fünfundsechzig Jahre hinweg beleuchtet. Anstatt einer echten Biografie gab es eine Wunderkammer atmosphärischer Bilder und Artefakte. Mittlerweile scheint auch Yoko Spaß an so etwas zu haben, es ist ein pathologisches Sammeln und Horten, als wäre nicht längst jeder Tag der Beatles bis in alle Ecke hinein ausgeleuchtet. Selbst in der Biografie von Bob Dylan gibt es vergleichsweise viele schwarze Flecken, etwa jene, die die Jahre nach seinem Motorradunfall verdunkeln. Dylan ist klug genug, darüber zu schweigen. Er überlässt Mutmaßungen und Interpretationen seit jeher den Sekundärliteraten. Die Beatles aber sitzen mit uns noch immer im Wartezimmer und in der Straßenbahn, sie sind Nachbarn geblieben.

Bescheidenheit und bodenständiges Auftreten gehören seit jeher zu Pauls sorgsam gepflegten Tugendrepertoire.

Das Understatement, er habe keine Tagebücher zur Verfügung gehabt oder er habe keine längeren Texte schreiben können, müssen wir nicht glauben. Sein Leben entlang dieser Songs zu erzählen, ist aber authentischer, als sich in spröder Prosa durch zerfledderte Terminkalender zu graben. Die Musik liefert ihm und vielen von uns Kristallisationspunkte seit Mitte der Fünfziger.

Als Standortbestimmung? Oder als Auffrischung eines Heimatbegriffs, der sich für ihn verselbstständigt haben könnte?

Als Verpflichtung, scheint mir.

Den Fans gegenüber? Mir scheint auch, dass er der Mythenbildung zuvor kommen wollte.

Beides stimmt. Viele glauben ja, alles über die Beatles zu wissen, einige wollen sich in der Vergangenheit sogar in deren Gefühlswelt hineinfantasiert haben. Diese Leute kündigten noch heute in schöner Regelmäßigkeit Beatles-Comebacks an, es ist verrückt.

Wir sprachen bereits über die Macht der Illusion.

Ja. Du kannst ihr nicht wirklich entkommen. Ich erinnere mich da an ein Fest in einer Frankfurter Kleingartenanlage. Am Eingang hingen bunte Luftballons und irgendwo stand eine rote Tonne, auf der massenhaft Singles in schrill gestalteten Hüllen herumlagen. „Nimm dir eine mit", sagte mein Vater, „die sind von den Beatles."

Wie alt warst du da?

Vier. Und natürlich waren auf der Platte nicht die Beatles, sondern zwei Werbesongs für Coca-Cola zu hören, eingespielt von der einstmals schwer angesagten Combo Dave Dee, Dozy, Beaky, Mick & Tich.

Enttäuscht?

Im Gegenteil. Da ich kein Bild von den Beatles hatte, feierte bereits die kindliche Erwartungshaltung fröhliche Urständ. Wenn sich noch keine Korrektive herausgebildet haben, fühlen sich solche Momente stets richtig an: Okay, es waren nicht die Beatles, aber verdammt, sie hätten es sein können! Gefühle und Wünsche auf Situationen, Umgebungen und Menschen zu übertragen, kann anarchistisch, befreiend und unschuldig zugleich sein, selbst wenn es sich dabei um reine Illusion handeln mag. Meine Erinnerungen an die Beatles gingen einher mit der Empfindung, Zugriff auf eine geheime Schatzkammer zu haben, von deren Existenz ebenfalls niemand erfahren sollte.

Stella, Pauls Tochter, sagt in deinem Hörspiel, dass sie als Kind die Beatles für Zeichentrickfiguren gehalten hat. Hier wirkt die Fantasie wie ein Schutzpanzer, als Bollwerk gegen all die finsteren Kräfte beim Einbruch in die behütete Kindheit.

Ich habe dieses Bild durchaus als eine Metapher für die Schutzbedürftigkeit von Kindern prominenter Eltern skizziert. Tatsächlich beschreibt die Stelle im Stück aber auch mein eigenes Schlüsselerlebnis mit den Beatles.

Gemeint ist „Yellow Submarine", der sonderbare Animationsfilm von George Dunning von 1968. Hast du gewusst, dass er auf Johns Wortspielerein beruht?

Hat er sich hinterher nicht sogar beschwert, dass die Filmheinis seine Ideen geklaut hätten? Die Sache mit dem Staubsauber, der Menschen aufsaugt? Ich weiß, dass John seit frühsten Jugendtagen schrieb. Aphorismen, Kurzgeschichten, skurrile Gedichte, die er auch illustrierte. Vielleicht konnte ich später die Nonsensliteratur von Robert Gernhardt auch so genießen.

Brian Epstein, der damalige Beatles-Manager, soll zuerst hinter den Rücken der Musiker und George Martin die Genehmigung gegeben haben, bereits vorhandene Stücke der Band verwenden zu dürfen.

Paul war sauer, ihm schwebte ein Musikfilm im gerade angesagten Disney-Style vor, jedenfalls keine absurde Humoreske, die von der psychedelischen Stimmung des Sgt.-Pepper-Albums getragen wurde. Das „weiße" Album war ein experimenteller Quantensprung, alle hatten sie genug von den LSD-Anspielungen, die durch die Presse geisterten, was sie aber nicht daran hinderte, eine kurze Szene am Ende des Realfilmteils selbst zu spielen. Ich muss den Streifen um 1970 herum gesehen haben, als ich einmal mehr zu Besuch bei unseren Verwandten in der Nähe von Ulm war. Er lief an einem Sonntagnachmittag, in einem fauchenden Röhrenmonster, das meine Tante sonst nur für die Abendnachrichten zum Leben erweckte, weil sie nicht ganz zu Unrecht befürchtete, ausschweifender TV-Konsum könnte Augen und Sinne ruinieren. So öffnete mir der Schwarzweißfernseher einer wunderbaren älteren Dame exklusiv das bonbonbunte Paradies von Pepperland, und genau wie Stella hielt ich natürlich die von Heinz Edelmann entworfenen, expressiven Figuren für die realen Beatles. Ich kannte bereits deren Musik, nahm aber beharrlich an, dass man ein paar gutaussehende Doubles dazu verdammt hatte, die Lippen synchron zu den Filmsongs zu bewegen und Luftgitarre zu spielen. Als ich kurz darauf Ringo erstmals in einem Interview sah und reden hörte, erschrak ich. Ich dachte, er würde so klingen wie Uwe Friedrichsen, dieser fabelhafte, kürzlich verstorbene Schauspieler, der Ringo in der deutschen Synchronfassung seine Stimme lieh. Ich habe „Yellow Submarine" danach nie wieder in voller Länge gesehen, vermutlich aus Angst, posttraumatisch in die Knie zu gehen oder mir eingestehen zu müssen, auf das falsche Pferd gesetzt zu haben. Jeder schützt seine Erinnerungen, sagt Sean zu Stella im Hörspiel, die Erinnerung hält die Bedeutungslosigkeit von der Tür fern. Der Satz darf als Trost verstanden werden, aber eben auch als Mahnung vor der Flucht in die innere Emigration.

Richard Lesters Film „A Hard Day's Night" beschreibt stark verklausuliert, wie größtmögliche Entfremdung durch ein Übermaß an Nähe überschrieben werden kann.

Er hat den Medienhype um die Beatlemania in schöpferisches Chaos und parodistische Stilexperimente umgeformt. Seine fröhlich grimassierenden Hauptdarsteller führen Lesters Reportagestil ständig ad absurdum, und ja, je heftiger die Beatles in burleske Posen und in kunstvolle Regie-Arrangements abzudriften drohen, desto ähnlicher scheinen sie uns zu werden. Sie waren Meister des Mimikry.

Jenes Phänomen, wenn Tiere oder Pflanzen das Aussehen, die Geräusche oder den Geruch anderer Lebewesen nachahmen, um sich zu schützen.

Es gibt dieses Schwarzweißfoto auf den Innenseiten des „roten" und „blauen" Albums, es zeigt die Beatles inmitten einer Gruppe von wie zufällig anwesenden Passanten hinter einem Zaun der Pancras Old Church in London. Ein scheinbar belangloses Wimmelbild, das wie nebenbei jeden gesellschaftlichen Klassenunterschied aufzuheben scheint.

Sie waren unsichtbar. Für Augenblicke jedenfalls.

Und dennoch war es nichts anderes als das clevere Resultat eines weiteren Werbetermins. Die Sichtbarmachung des Verborgenen.

*Warum hat man ihnen solche Koketterien eher durch-
gehen lassen als anderen Künstlern?*

Weil sie es verschmitzt aussehen ließen und in-
telligent waren. Richard Lesters Grimassen trugen
sie durch das Jahrzehnt. Danach war es etwas un-
cool, über die Beatles zu reden, sie gehörten irgendwie nicht zum Erwachsensein. Mein Cousin, bei
dem ich häufig abhing, hörte längst Deep Purple,
Canned Heat und Emerson, Lake and Palmer, diese
Platte mit dem Cover von Giger, metallene Orga-
ne und Eingeweide, die sich wie bei einem Tripty-
chon aufklappen ließen. Frank Laufenbergs schöne
Radio-Dokumentation versöhnte mich Mitte der
Siebziger mit den Beatles, ab da gab es kein zurück. Laufenberg hat mich neulich aus seiner Face-
book-Gruppe geworfen, weil ich geschrieben habe,
dass Ringo nicht trommeln kann. Der Frank ist ja
so eine Oldie-Koryphäe.

Kann Ringo wirklich nicht trommeln?

Ein paar nette Beat-Standards, das war's.

Du bist ein Kassettenkind?

Chromdioxid und Maxell hießen unsere Drogen,
das Überspielkabel zur Saba-Kompaktanlage war
der Draht zur Außenwelt und der Grundig-Kasset-
tenrekorder das Megafon.

Nutzt du Soziale Medien?

Nur rudimentär. Ich like grundsätzlich alle Posts,

in denen die Leute Essensgerichte oder Haustiere fotografieren. So etwas wärmt mein Herz. Du musst jetzt fragen, ob mir das nicht peinlich ist.

Und, ist es das?

Kein bisschen. Wenn alle andauernd den Klimawandel kommentieren und sich zu höchstrichterlichen Schiedsstellen bei der Bewertung vermeintlicher Autokratien ausrufen müssen, empfinde ich die ehrlich empfundene Lebensfreude über die tägliche Nahrungsaufnahme beinahe als eine subversive Befreiungsaktion. Essen ist Rebellion.

Weil wir darauf nicht verzichten können?

So ist es.

Können wir von den Beatles etwas übers zeitgenössische Theater erfahren? Du bist ja auch Rezensent.

Über das Sprechtheater, meinst du?

Ja.

Es fehlt dem sicher an Ironie. Die ist ohnehin ein seltener Gast auf deutschen Bühnen.

Wie kam's?

Theater sind zu Tempeln eines perfiden Erhaltungstriebes geworden. Dort hat man so lange die Pressetexte gegendert und dem eigenen LGBQ-Gequatsche geglaubt, bis irgendwann nur die eigenen Echoräume übriggeblieben sind, die jetzt reflexartig bespielt werden müssen. Es ist eine tugendhafte Form der Selbsterniedrigung.

Klingt nach Sektierertum.

Es sind in Wahrheit auch Glaubens- und Gesinnungsgemeinschaften, die sich im Parkett zusammengerottet haben, wo das Theater permanent Resonanzräume stiller Übereinkünfte schafft. Selbst bei den Zeugen Jehovas dürfte es mittlerweile diskussionsfreudiger und pluralistischer zugehen.

Ist das klassische Theaterpublikum ausgestorben?

Ein versprengter Haufen schlurft durchs Schauspiel wie durch Baumärkte. Manchmal hat man den Eindruck, die Bühnenkunst würde dort folienverschweißt als dienstleistungsgerechte Projektentwicklung auf Paletten herumstehen, rund um die Uhr zur Abholung bereit. Da kann man den Regiestab auch gleich an die Besucher und deren Erwartungshaltung weiterreichen. Warum sollten sich Dramaturgen und Intendanten noch mit originären Theaterstoffen und bei differenzierenden Dramen aufhalten? Gaukeln uns die Streamingdienste nicht längst viel glaubhafter atemlose Authentizität vor? Lässt sich das Publikum überhaupt auf etwas anderes konditionieren als auf Überwältigungsspektakel? Okay, die Klassiker ziehen als Sommertheater. Oder Roman-Adaptionen. Die „Blechtrommel" als Monolog in siebzig Minuten? Funktioniert. Aber nur, weil wir den Schlöndorff-Filmschnipseln, die in unseren Köpfen herumspuken, mal wieder frische

Luft zufächeln wollen. Das Theater kann gut auf die Literatur verzichten, nicht jedoch auf die Bilder, die wir mit der Dichtung assoziieren. Die eigentliche Gegenwartsdramatik aber wird marginalisiert, manchmal darf sie aus der Kulisse einer Zweitverwertungsmaschine ins Rampenlicht treten und gaukelt Bühnenaktionismus vor, der häufig genug keine Stücke mehr auf den Spielplan hebt, sondern Erregungszustände.

Du zielst ab auf die verschiedenen Formen des Protests.

Es scheint nichts anderes mehr zu geben. Von der Internet-Startseite werde ich zu Petitionen weitergeleitet, nicht aber zu den aktuellen Premieren. Man stelle sich vor, die Deutsche Bahn würde auf halber Strecke einfach anhalten und Flugblätter an die Fahrgäste verteilen, auf denen die Freilassung der Uiguren aus chinesischen Umerziehungslagern propagiert wird.

Was hast du gegen die Freiheit der Uiguren?

Nichts. Absolut nichts. Ich unterstütze viele dieser Appelle ausdrücklich, selbst wenn es sich dabei häufig um dezidiert linke Forderungen handeln mag. Schwierig finde ich nur diese Anweisung von Protest und Solidarität. Das klingt ganz schwer nach Dekreten und behördlichen Erlassen.

In einem deiner Stücke heißt es sinngemäß: Die Leute

schwadronierten im Foyer bloß noch über die erträgliche Leichtigkeit des Seins, sie sollten aber über die unerträgliche Last des Daseins bestürzt sein.

Ich weiß nicht, woher du das hast. Aber es klingt natürlich toll.

Stimmt es auch?

Würde ich jetzt bejahen, könnte ich selbst dem gerade kritisierten Diktat auf den Leim gehen. Aber das Gebimmel um diskursive Spielformen und Metadramen ist ohnehin verhallt, dieser Zug ist längst abgefahren. Unabhängig davon ist die Zusammenlegung ganzer Sparten bei einigen Stadttheatern konsequent und zielführend.

Das meinst du jetzt ironisch!

Überhaupt nicht. Warum sollte man den Kapellmeister nicht gleich zum Schauspieldirektor ernennen, wenn dessen „Glöckner" dichter an Franz Schalks Hofoper angelehnt ist als an Victor Hugos Original? Am Ende wäre es zwar so, als würde man den Chef von Monsanto zum Leiter einer Studie über die ökologische Unbedenklichkeit von Herbiziden ausrufen, aber immerhin wäre es folgerichtig.

Die Menschen strömen nach den Lockdowns zurück in die Fußballstadien, aber sie gehen weniger ins Theater.

Sie sind schon vor Corona häufig daheim geblieben.

Der Regisseur und ehemalige Theaterleiter Matthias Hartmann beklagt im aktuellen „Spiegel", die Theater betrachteten die Zuschauer als Störenfriede.

Ja. Das Publikum ist eine Zumutung. Das Gegenwartstheater braucht keine Zuschauer, es braucht sich selbst. Die Spielpläne laden zu Theaterspaziergängen und Inszenierungen im öffentlichen Raum, in sogenannte soziale Brennpunkte, was bedeutet: Die Drogendealer werden für zwei Stunden aus dem Stadtpark vertrieben, weil dort diverse Autorenkollektive gerade performativ und dekonstruktivistisch unterwegs sind.

Mediokres Tendenzgetöse, nennt es Hartmann.

Es wird auch ständig von der Außenwirkung gesprochen, als gelte es, Golfplätze oder Parkhäuser zu beschallen. Denkt man vom Publikum her, wirken Echos nachhaltiger über Reflektionen, durch Abstrahlung nach innen. Das Bedeutungstheater hat sich in Wirklichkeit nicht erneuert, es hat sich über das Inklusions- und Teilhabe-Gerede bloß aufgeblasen wie ein Ochsenfrosch und weiß nun plötzlich nicht wohin mit all der vielen Luft.

125 Euro müsste jede Karte wenigstens kosten, um den Theaterbetrieb zu refinanzieren.

Die Theater werden von Leuten finanziert, die gar nicht ins Theater gehen, hat Peymann schon vor vierzig Jahren gewusst. Deshalb hat er auch jenen etwas zugemutet, die bei ihm geblieben sind. Heute liest man in den Programmheften, dass sich das Publikum gefälligst am progressiven Diskurs unserer Zeit beteiligen solle, was nicht zufällig nach der Hausordnung einer Besserungsanstalt oder eines Seniorenheims klingt, weil man auch dort unentwegt in den Rollstuhl gehoben wird oder am Rollator herumlaufen muss. Ich möchte aber nicht spazieren gehen, weder mit Handke oder Ibsen, noch mit Leuten aus regenbogenfarbenen Kollektiven, die mit Ende dreißig nicht wissen, welche Toilettentüre sie ansteuern sollen. Was mal als eine Selbstverständlichkeit galt, klingt ja mittlerweile furchtbar politisch inkorrekt und nach Zerknirschtheit, aber ich möchte gerne weiterhin in meinen hoch subventionierten Theatersessel furzen dürfen und mich inspirieren lassen, beispielweise von beseelten Darstellern und fesselnden Bühnenstoffen. Bei den betörenden wie restaurativen Gauklerspektakeln von Molière oder Shakespeare, die Hartmann jetzt als Gamechanger und als Blutauffrischung vorschlägt, bin ich aber raus. Theater sollte integrieren, muss aber auch verstören dürfen.

Mehr Blut?

Jedenfalls weniger Blutkonserven.

Versöhnungsangebote hören sich anders an.

Unsere tradierte Vorstellung, dass ein Theaterabend durch und mit Auseinandersetzungen und Widerständen an Farbe und Inspiration gewinnt, teilen leider nur die wenigsten. In Wahrheit sitzen die meisten Zuschauer ihre Abos längst im Musicaltheater oder in der Kinderoper ab. Man sollte jetzt konsequenterweise auch mal den Mut haben, diesen ranzigen Subventionsbetrieb in Gänze so weit runterzurocken, dass am Ende nichts bleibt als die totale Sinnentleerung.

Und danach?

Wird es wie zu Zeiten sein, als die Dinosaurier ausgestorben sind. Das Ende der Kreidezeit. Die Erde ist wüst und leer, nicht durch Vulkanausbrüche oder Asteroideneinschläge, allein infolge von Dekadenz. Eine unschuldige Generation von Theatermachern wird den Markenkern des Schauspiels neu freilegen und nach genuinen Ideen graben müssen, wie die sittliche und moralische Einfalt durch kulturelle Vielfalt ersetzt werden kann. Sicher wird es darauf ankommen, ein argloses Publikum erneut mit der Schönheit des Schmerzes zu versöhnen, Schmerz, nicht als ästhetisches Stilmittel, sondern als eine intellektuelle Herausforderung beim Heranrobben an unbehagliche Themen, die dann nicht mehrheitsfähig, also demokratisch ausgehandelt werden müssen. Das heutige Sprechtheater ist ein Auslaufmodell, eine Art Brauchtumspflege von Leuten, die noch Schallplatten auflegen und Whisky aus Bolivien schlürfen. Deren Vorstellung von Bühnenkunst beruht auf der leicht biedermeierlichen wie anthroposophischen Vorstellung, dass diese nicht anecken und das sittliche Empfinden anderer berühren dürfe, was schon deshalb totaler Blödsinn ist, weil das Theater nie eine demokratische Veranstaltung war und die Kunst sich prinzipiell Fragen nach Anstand und Fairness verweigern sollte. Möglicherweise wird das Theater erst wieder zu sich selbst finden, wenn uns interaktive Plattformen Inszenierungen zur Verfügung stellen, bei denen wir im virtuellen Raum auf der Bühne stehen und den Fortlauf der Handlung mitbestimmen dürfen. Diese Form der Teilhabe könnte herausfordernd sein, weil sie stark ideologisch geprägt sein wird.

In Museen lassen sich bereits virtuelle Rundgänge buchen.

Die wären dann geradezu primitiv gegenüber den Veränderungen, die dem Theater bevorstehen: Avatare statt Darstellern aus Fleisch und Blut, und über die Absetzung einer Inszenierung könnte schon sehr bald die Mehrheitsmeinung des Publikums wachen und nicht die Willkür eines Kultursenators. Die Theaterleitungen tun jedoch gut daran, nicht in die Posen und hohlen Phrasen der Meinungsforschungsinstitute zu verfallen, die ursprünglich ebenfalls Seismografen am Puls der Zeit sein wollten und mittlerweile den Polit-Mainstream orchestrieren, der bei Landtagswahlen so als Blabla durch die Fernsehstudios wabert. Was bliebe - und was es im Theaterbereich nun zu verhindern gilt - ist die Anmoderation einer Ethik des Guten. Aber es stimmt natürlich: Die spannenden Aufführungen laufen derzeit in den Museen.

Was meinst du?

Dort delegiert man die performative Ziellosigkeit offenbar sehr clever an den Gestaltungs- und Kunstwillen der Besucher weiter. Ließe sich Kultur nicht generell glaubhafter zur Volksherrschaft umetikettieren, wenn die zahlenden Gäste in Kunsthallen, Galerien und Museen gleich selbst Hand anlegen dürften? Was spricht eigentlich gegen den Umbau des Frankfurter Städels zu einer Paintball-Arena in der Anmutung des Häuserkampfes von Grosny? Statt auf tschetschenische Kollaborateure, inmitten von Minenfeldern und explodierender Chemikalien, träfen wir dort auf abenteuerspielwütige Jugendliche, die bei der Zweckentfremdung von Kunstabteilungen nicht zimperlich wären, wenn sie sich den Weg zu Tischbeins verdrehtem Goethe und Degas blassen Orchestermusikern rabiat freiballern müssten. Damien Hirsts in Formaldehyd eingelegter Hai steht für Tierquälerei und kulturelle Aneignung und könnte augenblicklich aus seinem Aquarium gehoben werden, im Anschluss würden Jenny Savilles wollüstige Körper ein Relaunch durch den evangelischen Waldkindergarten in Quickborn erfahren, Plakafarben und Bio-Brause sollten selbstverständlich von der Kuratorin gestellt werden. Und Ai Weiweis Installation aus zusammengeschweißten Fahrrädern dürfte man getrost dem Furor einer Sandstrahlung durch die Taubstummenanstalt Fuhlsbüttel überlassen.

Jetzt wirst du zynisch.

Ja. Es ist ein verzweifeltes und letztlich untaugliches Mittel, sich solche Sachschäden und Straftaten vernunftmäßig vor Augen zu führen. Ich gerate bei dem Thema schnell außer Rand und Band, ähnlich wie bei einer körperlichen Reaktion. Du kannst das gerne Notwehr nennen.

Die Protestgruppe „Letzte Generation" begründet ihre Attacken auf Gemälde und Kunstwerke mit dem hehren Ziel, Maßnahmen gegen die Klimakrise zu erzwingen.

Die Nazis formulierten ebenfalls hehre Ziele, als sie erstmals im Mai 1933 auf dem Berliner Opernplatz unter der „Aktion wider den undeutschen Geist" Bücher in Flammen aufgehen ließen. Vier Jahre später hatte man bereits alle Kunstwerke und kulturellen Strömungen, die dem Ideal der Braunhemden zuwiderliefen, unter dem Begriff „Entartet" zusammengefasst. Werke des Impressionismus, Dadaismus und Surrealismus progressiver Künstler wie Grosz, Pechstein oder Klee könnten heute erneut Ziele von Anschlägen werden, die Methoden jedenfalls, Abscheu und Beklemmung herzustellen, um die Besucher für den Aufbau einer vermeintlich neuen Weltordnung zu begeistern, sind die gleichen geblieben, also faschistoid. Kartoffelbrei auf Monet, Tomatensuppe gegen Van Gogh, Öl über einen Klimt, hör mal, was kommt als Nächstes? Das originär rechte Geschwurbel von der Selbstermächtigung wird nicht dadurch freiheitlicher, wenn es von selbsternannten Öko-Partisanen oder deren Kindern deklamiert wird. Gibt es eigentlich keine intelligenteren Alternativen, die Stiftungsgelder von diesen stinkreichen Unternehmens-Großvätern zu verprassen? Es sind die falschen Heilsbringer, die uns erlösen, bekehren und befreien wollen. Damals wie heute. Ein aufgeklärter Geist wird sich - im Theater wie im Museum - seiner Befreiung stets widersetzen. Kunstvandalismus als Klimaaktivismus zu verkleiden, ist eine beschissene Idee. Wollten wir nicht über die Beatles reden?

Warum hört man die so selten auf Theaterbühnen?

Songs wie „Ob-La-Di, Ob-La-Da" oder „Good Day Sunshine" sind als Gassenhauer verpönt oder durch die Werbung verbrannt, was etwas ungerecht ist, weil sich die subversive Note häufig unter der dadaistischen Grundierung verbirgt.

Wie wäre es mit „Revolution"?

Es war Johns Lied. Es läutete nicht nur seine spätere prägnante Eigenschaft als politischer Aktivist ein, es war auch die Emanzipation von und die Rache an Brian Epstein, der kurz zuvor verstorben war und die Beatles stets ermahnte, nicht auf Fragen über den Vietnamkrieg zu antworten. Nachdem man mehrere Fassung eingespielt hatte, waren Paul und George beunruhigt über die Veröffentlichung eines politischen Songs als Single und legten ihr Veto ein. „Revolution" wurde dann die B-Seite von „Hey Jude". John wollte der Welt sagen, was er über den Aufruhr dachte, aber die übrigen Bandmitglieder waren sich nicht sicher, ob man ihm außerhalb von Pepperland zuhören sollte. Wir haben ja vorhin kurz über die Wirkung der Beatles über die Kinderzimmer hinaus gesprochen, demnach steht „Revolution" mitnichten für ein neu gewonnenes Selbstverständnis der Beatles im Umgang mit aufgeladenen Themen, vielmehr für die Schwierigkeit, den emotionalisierten Debatten jener Zeit ihren Stempel aufzudrücken. Am Schauspiel Frankfurt hat man in den Neunzigern gefühlt jede zweite Shakespare-Premiere mit Heavy Metal und Dosenbier-Weltschmerz unterlegt, die Regisseure waren zumeist Trinker, da wirkte der Sättigungscharakter des Fusels schnell als Ausschlusskriterium in den Bühnenraum hinein, Katerstimmung gleich zu Beginn der Spielzeit also. Mit den Beatles würden die Theater vermutlich in eine ähnliche Klischee-Falle tappen, der mehrstimmige Gesang könnte heute allerdings als hipper Gruselfaktor verfangen.

Was hörst du privat?

Zurzeit alles von Motorpsycho. Immer wieder Radiohead, viel Progressive, Kraut, gute Americana, aber auch Fusion und Jazz. Der Hype um Billie Eilish und Taylor Swift ist an mir vorbeigezogen wie eine dunkle Gewitterwolke, die aktuellen Sachen von Björk, Richard Dawson und Beth Orton sind umso aufregender, weil sie komplett aus dem Pop-Kosmos gefallen sind.

Neil Young?

Nur noch seinen verrauschten Garagenrock ab den Neunzigern, diese improvisierten Feedback-Monster als Homerecording. Warum mich hingegen Dylans Balladen auf eine andere Umlaufbahn bringen, weiß ich selbst nicht genau. Da zahlt wohl das Mirakel ein.

Oder der Faktor Entspannung.

Musik macht die Menschen erst zu wertvollen Lebewesen. Wir sollten mit dieser klangreichen Ressource haushalten und uns nicht leichtfertig in ihr erschöpfen, immerhin könnte sie ja endlich sein. Einer der Gründe, weshalb ich heute nur selten die Beatles höre, speist sich vermutlich aus der Angst, vorzeitig hinter ihr Geheimnis kommen. Das verstandesmäßige Durchdringen von Musik gehört ohnehin auf die Prioritätenliste der letzten Tage.

Einige Menschen gehen das Thema früher an.

Sollen sie. Mich spricht die Welt der Töne in diesen Schreckenszeiten zuallererst einmal therapeutisch an. Ich glaube mittlerweile auch hören zu können, ob Musik eine Inszenierung zum Schweben oder zum Absturz bringt. Die Gespensterplatten von Nick Cave oder die expressive Wucht einer PJ Harvey stehen immer für Ersteres. Hast du dich nach einem durchschossenen Tag mal von Thom Yorke beschallen lassen? Unterm Kopfhörer? Oder von Anna B Savage, von Adrianne Lenker, der Sängerin von Big Thief? Du wirst Tränen vergießen, deine Unmusikalität verfluchen und dich für die Ungeduld schämen, die du gerade an der Kassiererin im Supermarkt in Form einer Schimpftirade ausgelassen hast. Kennst du Mary Halvorson?

Eine Gitarristin.

Ja. Sie spielt in wechselnden Formationen, die von kammermusikalischen Improvisationen bis zu Avantgarde-Rock und Creative-Jazz alles im Bestand haben. Natürlich gibt es technisch versiertere Frauen an der Klampfe, aber sie verfügt über diese komplexe Klangästhetik, die dich einnimmt, weil du sie nie durchschauen wirst. Leider sind die meisten Platten von ihr vergriffen oder man muss tief in die Geheimnisse spezialisierter CD-Börsen und Streaming-Dienste hinabtauchen, wenn man nicht gerade ein Vermögen für Importe hinblättern will.

Enttäuschungen?

Die jüngsten Alben von Courtney Barnett und Eddie Vedder. Letztgenannter hat sich wohl nur deshalb tolle Musiker ins Studio geholt, weil er genüsslich beobachten wollte, wie die sich in seinen dürftigen Springsteen- und Tom-Petty-Verhackstückelungen verfranzen. Zwischendurch gibt es peinliche Klingelstreiche bei den Beatles und Kurzbesuche bei Cat Stevens und U2. Ich höre so was nicht mal beim Joggen.

Was noch?

Die frühen Sachen von Peter Gabriel sind schlecht gealtert, die Scheiben von Kate Bush und Al Stewart ebenfalls. Bowies Berlin-Trilogie lässt mich schon länger kalt, dafür rotiert sein Früh- und Spätwerk umso heftiger im Player, die Folk- und Jazz-Einflüsse sind einfach berückend. Aimee Mann soll angeblich aus der Punkrock-Ecke kommen und bei Rush mitgesungen haben, nach dreißig Jahren steht ihre

Stimme dann doch mehr für Trost als für Gänsehaut, die bei Agnes Obel garantiert ist. Deren verstiegene Klanglandschaften habe ich bereits in einem meiner Dramenstücke verwendet. Wenn sie in die Tasten greift, öffnen sich dem geistigen Auge magische Türen zu Poe und Hitchcock, heben sich Vorhänge des experimentellen Theaters. Darf ich noch etwas zu Fiona Apple sagen?

Bitte.

Sie ist ein Phänomen. Eine Naturgewalt.

War's das?

Ich hab neulich gelesen, dass sie kaum noch das Haus verlässt, nur noch zum Gassigehen mit ihrem Hund. Ansonsten soll sie den ganzen Tag im Morgenmantel vor ihrem Klavier verbringen und Songs komponieren, was schon deshalb herausfordernd sein muss, weil Fiona Apple statistisch betrachtet nur alle sieben Jahre ein Album veröffentlicht und das nächste etwa in vier Jahren zu erwarten ist. Vor einigen Jahren wollte ich ihre Biografie mit einem Kurzstück im Stil einer grellen Humoreske überschreiben, sie ist ja eigentlich die Antithese zu einer Drama-Queen, weil sie so gar kein Gewese um ihre Person macht und auf der Bühne die uneitelste Künstlerin der Welt ist.

Du spielst auf das Gerücht an, dass sie Michael Jacksons Tochter ausgetragen haben soll und nicht Debbie

Rowe, Jacksons damalige Ehefrau.

Ja, das hätte dem Stoff Gewicht verliehen, nicht Apples Kindheit mit Vergewaltigungen und Psychotherapien oder der späteren Drohung, sich und ihre Schwester umzubringen.

Paris Jackson ist Fiona Apple tatsächlich wie aus dem Gesicht geschnitten.

Ich habe dennoch keinen Zugang zu den Themen Leihmutterschaft und Samenspende gefunden. Zudem bereitete mir die satirische Überhöhung Michael Jacksons Kopfzerbrechen, der Mann hat ja bereits als Witz existiert, als seine eigene Kunstfigur, die viele irritierenderweise eine tragische nennen.

Macht ihn das nicht automatisch zum Theaterhelden?

Da bin ich unsicher. Hätte ich die Persönlichkeit hinter der Karikatur herausarbeiten wollen, hätte es glaubhafte Hinweise darauf bedurft, wann und wo die Häutung des Menschen abgeschlossen und damit der Wandel zur Kreatur vollzogen war. Michael Jackson war ja nicht das Produkt einer stringenten Hinwendung zum Trugbild, er lief dieser Chimäre bereits hinterher und machte sich mit ihr gemein, lange bevor er sich als Fabelwesen neu erschaffen hatte. Deshalb betrachtete er alles, was mit Inkarnation und Menschwerdung zu tun hatte, später als lästige Projektion, die sein Dasein und Wirken als Monster reglementierte, was ja ketzerische Züge beinhaltet.

Ein Musicalstoff?

Der würde als zynische Oper reüssieren. Allerorten Schimpansen, dazwischen ein hauttransplantierter Darsteller in einem albernen Zirkuskostüm, umringt von Heerscharen missbrauchter Knaben. Sehr junger Knaben.

Kinderficker treten in deinen Stücken häufig in Erscheinung.

Falsch. Sie behaupten, Kinder zu ficken. Das macht einen Unterschied. Ein aktuelles Hördrama ankert beispielsweise in einem Sterbehospiz, der Typ hofft, Gott und dem Himmel zu entkommen, wenn er sich der Hölle empfiehlt und dem Teufel seine erfundenen Sünden und Missetaten unter die Nase reibt. Vordergründig verkauft er dem Antichristen seine Seele, dabei frevelt er in Wirklichkeit nur gegen den Klerus und dessen heuchlerischen Index, indem er das frömmlerische Erlebnis der Liturgie zugunsten der rauschhaften Erfahrung einer letzten Selbstbestimmung aufgibt. In vielem, was ich schreibe, sollten diese litaneiartigen Züge sichtbar werden, durch Rhythmisierung, durch Wiederholung. Ein pseudoreligiöser Reflex bei der Verteidigung einer Humanität.

Die Satire schaut dir gelegentlich als Erweckungsmoment über die Schulter.

Es geht immer um Einbildungskraft, um Spiege-
lungen. Viele meiner Figuren glauben oder geben
vor, eine andere Identität zu haben. Die Furcht vor
dem eigenen Ich generiert spöttische Momente und
lässt Leidvolles zu Tage treten, die Satire ist dann
so etwas wie der Notausgang, wenn die Schmerzen
nicht mehr auszuhalten sind. Parodie und Traves-
tie sind mir die liebsten Freunde, sie motivieren
mich noch beim Schreiben, wenn das Gewissen mir
längst einzureden versucht, keine Gedanken an das
Empörende mehr zu verschwenden.

*Während Jacksons Verfahrens wegen sexuellen Miss-
brauchs gaben über achtzig Prozent aller amerikani-
scher Mütter an, dass sie sich vorstellen könnten, ihre
Kinder weiterhin bedenkenlos in die Obhut des Super-
stars auf dessen Neverland Ranch zu geben.*

Die Verführungskunst der Bestie steigt und fällt
mit der Anzahl der Liebhaber, die ihr schmeicheln.
Die großen Dramenstoffe haben sich ja in Wirklichkeit in den Anomalien und Widersprüchen unserer
Zeit eingekapselt und wollen subtil befreit werden,
was im Umkehrschluss ebenfalls bedeutet, den Dra-
chen philanthropisch nicht zu entlasten oder ihn
posthum über den Umweg der Fiktion zu legitimie-
ren. So verhält es sich hier. Literatur darf sich dem
Unbegreiflichen gelegentlich verweigern, etwa dann,
wenn die schmutzige Realität derart plump zuguns-

ten einer abendunterhaltenden Seligsprechung umetikettiert werden soll. Pädophilie ist ein zu ernstes Thema, als das wir es den Musicalmachern und dem Showbizz zum Fraß vorwerfen sollten.

Stimmt dich Jacksons Musik nicht gnädig?

Überhaupt nicht. Die Mucke hat mich seit jeher mehr angewidert als der Typ selbst, nein, dieser Plunder ist so beflügelnd wie das TV-Testbild nach Mitternacht, selbst Eddies Gitarrensolo auf „Beat It" ist großer Mist.

Das hier in Auszügen abgedruckte Gespräch mit dem Autor führte der Journalist Walter Sturmhofen am 5. und 6. Dezember 2022 via Skype.

Thomas Herget bei BoD

„Wer immer sich nun - ungeachtet aller Kriege, Pandemien und Großkrisen - noch ein befreiendes Lachen abgewinnen möchte, der erhält mit diesen absurd-sprachwitzigen Theaterstücken ein tragikomisches Starterkit." *Mallmölen, Emden*

Revolverfressen
Drama, ISBN 978-3-7481-3122-9 (eBook 978-3-7481-1457-4)
Wir aßen sie roh
Drama, ISBN 978-3-7519-0302-8 (eBook 978-3-7519-3985-0)
Kalium
Hörspiel, ISBN 978-3-7519-0736-1 (eBook 978-3-7519-1034-7)
Harmony Place
Drama, ISBN 978-3-7534-1992-3 (eBook 978-3-7534-1251-1)
Terrence McNally tanzt keinen Tango mit toten Fischen auf Balkonen
Drama, ISBN 978-3-7543-4929-8 (eBook 978-3-7543-7185-5)
Die Liquidatorinnen
Drama, ISBN 978-3-7557-9631-2 (eBook 978-3-7557-2286-1)

Und stillet den Zorn
Hörspiel und Prosa, ISBN 978-3-7543-1217-9 (eBook
978-3-7562-8038-4)
Napalmjenny. Bonobos schmusen inkognito
Hörspiele, ISBN 978-3-7568-1567-8 (eBook 978-3-
7568-4662-7)
*Eleanor Rigby verlässt New York und ertrinkt in
Liebe*
Hörspiel, ISBN 978-3-7347-4126-5